惘然记

朱婧 著

中国出版集团
东方出版中心

目　　录

1　同生

17　青炎

29　理发师

49　不会过期的拖鞋

61　许阿姨的窗口

81　玛格丽特

101　猫咪森林

117　惘然记

129　倦意浓

145　小懒小懒花衣裳

161　高跟鞋　平底鞋

181　灰姑娘

201　我们在春天里永恒寂寞

215　暗夜忧伤

229　粉红色的故事

同生

有的女子靠自己吃饭,有的女子靠男人吃饭。说起来,都不易。不比做人家女儿的辰光好,桃红小袄也穿了,麻花小辫也扎了,油菜花地里,甜美地笑。

苏同和苏生是一对双生儿,父母当初给她们取名就取义同生的意思。

从长相到名字,被紧紧联系在一起的姊妹,一起长大。童年的时光还是快活的,两人都成长成乖觉讨喜的小孩子,一点也没有辜负父母。

像所有的双胞胎遭遇的一样,一起被带出去时,总会有人围观,大人们总很有兴趣、不厌其烦地问同样的问题:姐妹俩,谁是

姐姐,谁是妹妹啊。

这对大眼睛,小尖脸,骨骼灵秀的姊妹,有早慧的灵气,天生的默契,她们装傻地姐姐站笔直点,妹妹再稍微依赖地往姐姐后面缩一缩;大人们眼睛灵活转动,得意地说出正确答案,然后虚荣心被满足地离去。这样的游戏,姐妹们早已经习惯。

苏同和苏生的父亲是中学老师,母亲是医生,这样的家庭模式让姐妹俩接受了良好的早期教育和培养了良好的卫生习惯。而且,也是这样的父母组合,让姐妹俩的教育和医疗支出大大减轻,这也减轻了家庭养育一对孩子的压力。这对姐妹,比同时期许多普通人家的双生子过着要优越一些的生活的。比如,每周雷打不动的一次骨头汤,总是在周末的时候,汩汩地炖在小锅上。只可惜,大概是双生的缘故,胎里弱,这对姐妹一直没有见长,从幼儿园到后来的中学,总比同班的孩子娇小。但是,却喂出了她们雪白滑嫩的肌肤。

或者,是地方水土的缘故。姐妹们生长在传说中盛产美女的有着湿润气候的城市,她们也像这个城市的特产一样被打上标签,在这个城市众多风情万种的女子中间,她们不是最漂亮的,却是自有一派楚楚可爱的神气。

因了有两个孩子的缘故,妈妈总是计划着安排她们的生活,她们也习惯了这种安排,这让她们自小就养成一种朴素的作风,生活规律。她们的衣服,自小就是妈妈带去给相熟的裁缝师傅做,格子衬衣从小学穿到读研,姐妹们从不抱怨。她们一看就是好人家的女儿,在人群中有亲和力,讨人欢喜。

她们长在教师宿舍大院,后来,这宿舍大院被拆除了变成宿舍楼。姐妹们一家的生活,和这个城市的许多家庭一样,随着这个城市的发展而缓慢变迁。延生是和她们一起长大的伙伴,是爸爸学校校长的儿子;苏同和苏生都喊他"哥哥"。说起来,他和姐妹俩是青梅竹马地长大的,只是这青梅时光,他格外幸福一点,他有着一双花儿似的玩伴。

爸爸妈妈虽然对姐妹的交往管束也很严格,但姐妹俩和延生出去玩,他们却从来都是放行的。每次,延生上来姐妹家,爸爸妈妈总是喜笑眉开地迎他进来,再把三人送出门;回来,往往还有着糖水盛放在桌上等三个孩子喝。爸爸妈妈可能是出于大人惯有的小小势利,谁让延生是校长的儿子;或者,他们私心里也真喜欢延生,冀望着他成为他们的其中一个女婿。谁让延生生得活泼伶俐。只可惜,世事往往与人愿违。

又是大人们热爱的无聊游戏。三人一起出去玩的时候,每每被拦下来,问:"延生,延生,苏同和苏生,你比较喜欢谁?"延生没有一般那个年龄的男孩子常常有的粗暴和害臊,大声嚷嚷"都不喜欢"诸类,而是,扬起头,利落而明朗地说:"两个都喜欢,一样

喜欢。"

苏同和苏生,都听得低下头去,心里是一样的甘美。延生待她们都好,手心对手背的那种。春天的时候,他爬上树摘桑葚,姐妹俩拿着盆在下面兜;然后,他一定仔细地一颗颗数,把所有摘得的桑葚分成平均的两份,看着姐妹们开心地吃得嘴巴都紫掉了。他总看她们吃,自己却不吃,除非是摘到的恰好是奇数,没法平分,他才会小心翼翼地吃掉一颗。吃完,他还得监督姐妹俩把手、嘴巴洗干净,不要留下痕迹,以免给她们太过热爱卫生而无法忍受这样的野果的妈妈看到训斥。

苏生知道,延生,更喜欢的是自己。虽然出生的时间只相差两分钟,但长幼就定了。苏同是姐姐,苏生是妹妹,姐姐就要担姐姐的责任身份,妹妹就可以享妹妹的被宠被怜;苏生,是有些讨巧的。后来,家人也就随着苏同"妹妹"、"妹妹"叫得习惯了,外人听多了,也就随着叫苏生"妹妹"了。延生,喊苏同"苏同",但却喊苏生"妹妹",一种贴近就自然而然被喊出了;开始是无心,但很容易被种植成有意。

苏生心里明晰地知道,延生更喜欢的是自己。三人一起常常玩一种"过家家"游戏。其实主要是她们姐妹喜欢玩这种女孩子游戏,所以延生也就随了她们。三个人,扮三口之家,每次,爸爸自然让延生来演,姐妹俩轮流扮妈妈和小孩。苏生知道,轮着自己扮妈妈的时候,延生更开心一点,更投入一点,连那一声"我下班回来啦",都喊得那么抑扬顿挫。

苏生只是不知道,童年给延生最初懵懂幸福期待的她,后来也是伤他最深的人。他们的情谊,纠缠过大半少年和青年时光,末了,无疾而终;延生只是因为疲倦了,所以放弃了。那天,大家在屋子里,看苏生从美国寄回来的家庭录影带;苏生也生了一对双胞胎,男孩;苏生和葛仁,抱着婴儿在镜头里盈盈地笑,延生的泪,忽然就滑下来了。说到底,情谊深长,抵不过一个女子的脚步,谁也不曾想到,那样娇小的姐妹俩,却都是远走他乡的命运,她们大概是用飞的吧。像精灵,要飞到自己的梦幻之地,才可停宿。

苏同和苏生,苏同更严肃点,要强点,大概和姐姐的定位不无关系;苏生则随和些,却又更敏感智慧些,关于男女的事情,比较姐姐懂得更早一些;这些多出的女性的天分让苏生的人生轨迹最终和姐姐偏离很远。

苏同和苏生,上了同一所小学,同一所中学,当然,这时和她们相伴的,还有延生。后来,姐妹们同进了这个城市的师范大学。延生高考没有考好,进了当地的教育学院。但是,他们三个的学校还是在同一个城市,在22岁的年龄之前,他们三个是一直一起的。大学后,苏生和延生的关系差不多很明朗了,两人俨然一对

恋人,虽然三人常常一处行,明眼人都看出其中的微妙。苏生和延生,眼神里情谊的流转,更贴近一些的距离,默契的姿态,还有苏生脸上那些许难得的红晕。

后来,苏同会推脱自己有活动,不太和苏生一起了。延生就每个周末,骑自行车载苏生回家。小小的她,在车后座上,像只小猫咪一样,几乎感觉不到分量。风拂过他们的脸庞,划过他们的发,苏生纤细的手臂轻轻地拥抱着穿白色衬衣的延生的腰,延生的心里膨胀着幸福,一句话在心间一直温柔重复:苏生,我喜欢你。延生喜欢苏生。

苏同一个人乘坐 130 路回家。其实,回家,用骑车或者走比较方便,因为不远,而坐公交车其实绕路。可是,苏同爱坐公交车回去。她,不想骑车或走路时与延生和苏生碰上。她坐在乘客一直都不太多的 130 路上摇摇晃晃。目光在窗外,扫过安静的树木,喧闹的街道。有时,她会看见,延生骑车载着苏生。不相熟的人一定分不清,延生载的是苏生还是苏同。

闭上眼睛随着公交车的前行,风拂过她的脸。她有时在虚空中,手摆出微微前拥的姿态;坐在车后的女子,本也可以是自己,或者,就是自己呢。在这个世界,延生是载着苏生的,延生的爱情属于苏生;也许在另一个不知道的世界,延生是载着苏同的,延生的爱情是属于苏同的吧。苏同微笑,泪水就下来了。

若干年后,苏同的朋友小腹绞痛,苏同送她去医院,从医生那儿知道,是同学的卵巢中有一个遗留物,若扩散开来,卵巢就要被切除,所幸发现得早,只要取掉那个遗留物就好了。这个遗留物是未能发育成熟的胚胎。医生笑笑说,当年,她母亲怀的大概是双胞胎,只是另一个在胚胎时候就没有能发育起来,所以就遗留到她的卵巢中了。

这是她同学的姐妹或者兄弟留给她同学的最后纪念,虽然是那么一份巨大的危险。从怀孕开始,就并存着双胞胎早产和流产的概率远远超过单胞胎的,孕妇的心、肝、肾功能也会超负荷运转等危险,还有生产时候危急情况的二选一。苏同和苏生,从孕育的开始,就意味着同生又共同争夺生存权利的命运,好在,她们两个都是顽强的。她们都坚持到了看到这个世界,做了手足同胞的姐妹。

那时,苏同忽然释然了。妹妹毕竟活生生地存在了她的生命里,而没有作为一个冰冷的遗留品留在自己的身体里;这是自己的幸运,也是姐妹的缘分。

怪只怪,14 岁那年的暑假,苏同苏生家人和延生的家人都参加学校组织的教师的暑假旅行去海南玩了。没有大人管,三人玩得太疯了。那天忽然遭遇暴雨,都淋得湿透了回到姐妹家。苏同换完衣服来到房间,看到延生正坐在床边用纸巾擦眼镜上的水,她就去抽屉拿了眼镜布,坐到他身边,接过他手中的眼镜,帮他擦;屋子外电闪雷鸣,房间内,柔和的灯光下,一切温馨宁静。延生,忽然侧过来,在苏同的脸颊轻轻吻了下;时间停顿,世界都停止了运行,这一刻苏同的大脑一片空白,她只是急急地奔出房间,好似所有的血液都跑到了脸上,她脸上滚热,身体颤抖;这时,恰好苏生从卫生间出来,她说:"姐姐,你穿错我衣服了。我们去换一下吧。"她定了神,回复一贯的冷静,和苏生去换了衣服,重新进房间,她表现得那么宁和泰然,仿佛什么也没有发生过;也许,延生,也从来没有能知道过,他 14 岁那年,那个雷雨之夜的小房间里,他少年情定的最初的吻,是给了苏同,而不是苏生。

多年后,他未娶,苏同未嫁,而心结所在的苏生已经嫁去美国;长辈们有撮合他们的意思;他最初倒是有一些动摇,哪怕是为了他迷恋的人的脸庞,感情或许可以转移,幸福可能再续;可是,苏同坚定不移地拒绝,她甚至以远走他乡来表达某种决绝。他一直不能理解,不能知道为什么。苏同,只是早早拒绝成为替代的命运;苏同,只是不想,她一生最初的最纯粹的爱情被掺上杂质。如果,这是她在情感上,唯一的丰美的礼物。

大学毕业,延生很快去了延生父亲所在的学校当老师;对于延生重蹈父辈的道路,苏生是有着小小的微词的。娇小的苏生有着与娇小身体不同的广阔的心,她渴望的,是更大的世界,是别处

的城市。而儿时那个勇敢豪气的男孩延生，已经成长为一个温和本分踏实生活的男子。他的愿望不大，只想好好有一份工作，娶回苏生，好好有一个家，一个小孩。像父亲和母亲那样，平凡而幸福地过一辈子。

这一点上，他不太懂苏生。

那一年，苏同和苏生双双考上研究生，只是，这次不在同一个学校，甚至不在同一个城市；苏同北上，苏生南下。延生和苏生家人一起去送苏生的，只有延生买了站台票一直把苏生送上了车，临上车前，延生悄悄往苏生的兜里塞了自己第一月的工资，他摸了摸她清秀的小脸，说，照顾好自己，我一有时间就去看你。

可是，工作了的人，由不得自己。他每天辛苦地上班，现在的孩子越来越早熟，越来越难教，比之父亲那个时代不知道费力多少；单位的人际关系也复杂，许多人对他刚进来不久就当科目主任颇有微词，很认为是因为他父亲的缘故，他必须做到很好，解除父亲和自己的压力。这半年，他生活得很真实。可是，不管多累，他从来不忘记，每天晚上，打电话给苏生。一开始，他知道苏生是期待他的电话的，苏生在那个陌生城市必定是寂寞的，只有每天等他的电话，才有个人可以叙说；他每每想到此就觉得心酸，但是终究是分不开身，就只能一笔笔钱，一份份礼物，寄去苏生身边安慰她。后来，苏生的话开始少，他只是想她大概学习太累了，只是

更添加对她的疼惜。她那样温柔的天性,素食的习性,他每每都担心,她在那个南方城市如何可以习惯。终于熬过那半年,到了寒假。延生从没有和苏生分离过那么久,分离的感觉是那么的不真实;他时时觉得她就在自己身边的,大概是由于他时时把她放在那个最贴近心口的位置,从不曾分离。去火车站接她的那天,他觉得并没有太久,好像只等过了一个梦的时间。

那个寒假,其实就有了不同。延生没有注意到,苏生和他的话忽然变得很少。两人在一起的时候,常常就只是静坐着看电视,电视里播着插科打诨的小品,两人的表情却只是钝钝的。出门,他牵着她的手,她并不拒绝,但是从来也不握着他,手心里传递不出一丝当年那种强烈依赖和温柔的情意。春节的时候,处处喜气,鞭炮的红色碎纸屑一地;他带她去亲戚家拜年,亲戚们每每打趣他:"什么时候把妹妹娶回家啊,年纪又长一岁啦,不小了。"他每每只有笑道:"等妹妹读完书吧。"

是啊,他的年龄在这个内陆小城市是越看越不小了。工作的操劳更让他有着苍老的迹象。可是,苏生却好像越长越小的意思;她本来就生得孩子气,大眼睛常常像蒙了一层水般晶莹湿润,皮肤依旧那样白皙柔嫩如婴儿一般;小巧的身段常常让人有爱怜拥抱的欲望。

他看她,愈加看成自己的心肝宝贝似的,只怕不够疼。他还爱和她说起小时候的事情,那原本是苏生最喜欢听的,每每能把她逗笑好久,只是,她现在不太爱听了。她皱皱眉,说:"都是过去的事情了。"

走的时候,苏生主动地扑到延生怀里,抱了延生,这是这个寒假他们最亲密的行为了,这个动作让延生内心里的暖意横流到几乎要落泪。苏生交到延生手里一块白色佩玉,说是朋友帮她从新疆带回来的,她说:"延生,你挂着它,就好似我在。"

只可惜,后来的日子里,陪伴他的,都只有它,而不再有她了。

这个寒假,爸爸妈妈觉得有点落寞。虽然,他们也和别人家父母一样,有孩子回来陪着过年。可是,他们的两个孩子,只回来了一个。苏同,她没有回家。她长到23岁年纪,第一次没有回家过年。

苏同在那个北方城市,第一次遭遇了自己的爱情。一个身材几乎比她大一倍的北方男子爱上了她,他疼她,把她当女儿一般。事实上,他的年龄也可以做她的父亲了,他有家庭,也有自己的女儿。她的道德规范从来不允许她接受这样的感情,她一次次拒绝了,以她23年生命里成长起来的严肃生活态度。可是,她抵不过他的温存,柔情似水;没有人,那么爱过她,愿意为她付出一切的。他终于顺利离了婚,他们终于一起了,他像一个父亲一样永远只吻她的额头,他承诺在结婚之前,他要她做他纯洁无瑕的准小妻

子。故事的一切本来都有关幸福，如果不是一场在那个大城市司空见惯的车祸。

她去火葬场送他，去追悼会送他，她也一身黑衣，她本来就应该是妻子的身份，可是，她被他的前妻和孩子，被他的亲戚们唾骂和驱赶。这一切不过缘于一场阴谋；他走得太匆忙，对生命的自信让他甚至还没有来得及留下一份遗嘱；在他葬礼上演的一幕幕闹剧不过都是为了他那份不算太小的财产；她只能遥遥地看他，送他，泪水刀割一样流过了已皲裂的脸，这是一场让她一夜衰老的爱情。她却坚信，这是自己生命里发生过的最美好的事件。

她只是、甚至有点遗憾她没有能把自己奉献给他，成为他真正意义上的女人，虽然这与她的道德观是格格不入的。但是，从他以后，她发现，自己已经在渐渐走出父母的影子，走向自己的天空，虽然有阴霾和疼痛，不过她愿意，以一个成熟女人的姿态那样坚定地走下去。她想，这是对他最好的怀念。

那个寒假，她在他留给她的最后一份礼物——城市郊区的一个安静的住宅小区的一套房子里，默默生活，调整自己。这个城市，有很多年轻女子和她一样，爱上过和他差不多年纪的男人；她们担忧他们的健康，因为和自己的命运有息息相关的利害关系；但是，她想，她们中，没有一人有她那么坚定的心，她是愿意用自己的生命去交换他的生命的。她坐在宽大阳台上，室内的暖气热烈,她裹着大毯子还只觉得冷。她只是必须去习惯。她恍惚想起妹妹,在家乡城市的妹妹,大概在和延生的相聚欢娱中吧。她不知道,妹妹正裹着厚厚的棉衣坐在延生的车后座上,他们去亲戚家吃完晚饭,正在回家的路上;夜晚,地面的雪已经结冻成冰,前人骑车留下的一道道车轮印记让路变得分外难骑。延生骑得有些紧张,微微喘息,戴着红色绒线手套的妹妹亦是紧张地抓着延生的衣服。终于还是不小心,车一滑,摔倒了,延生赶忙起身,一连声地问:"妹妹,好么,没事吧?"而苏生,已经沮丧到要哭下来了。

进了房间门,他拥抱着她亲吻着她,直到床边,把她抱到床上,开始动作麻利地要解开她的衣服;她的心怦怦若急鼓,泪一下就下来了,滑过了苍白的脸庞;他有点被吓到了,停止了动作,坐在床边不做声了。这是寒假过后新一年的 6 月,她陪葛仁去上海办签证,在宾馆发生的事件;这年 9 月,他就要赴美国读书了,研究生加博士生课程,6 年。

她对葛仁不太了解,唯一的了解,就是他头脑聪颖,前程似锦。他是她学姐的男朋友的朋友,在一次吃饭中认识的。通过学姐口中她知道了他的大概情况。他拿到了全额奖学金,一年二万六千美元的 OFFER,马上要去美国读书了。其实吃饭时,他没有多留意她,他有着一般学习用功的理科生对待女生的惯有的一种

木然态度。她倒是多看了几眼他。他比延生矮些,瘦些,十分精干的模样;他长得并不难看,透着聪明劲儿;能感觉出胳膊上肌肉的线条,看上去虽然瘦,但应该是爱好运动、身体不错的那类男生。

苏生的心下,慢慢就有了思量。自己年纪并不算太小,机会也并不会有太多了。流逝的华年像燃到指尖的一支香,一触痛手,再触痛心;饭后去唱歌,她就留意坐到了他身边位置,他果然不太会唱歌,大家唱得欢快的时候,他们就在一边迷离的灯光里聊天,因为歌声太吵,不得每每把嘴巴靠近对方的耳朵说话,暧昧的情绪一来二去就传递开来了。她的大眼睛很适合这样的场合,水汪汪透着情意,深深的一潭会让人一头醉倒进去。

很快,苏生和葛仁就开始了交往。一个月后,苏生献出了自己和延生一起四年也没有献出的初吻。也许青梅竹马真的不适合恋爱,太像伙伴,太像亲人,就不会习惯一些情人间的亲昵行为。苏生对葛仁是言听必从、温柔乖巧的。她穿着粉紫色收腰连身裙,头发披散开来,像个小洋娃娃一般,走在葛仁身边,精致到路人每每要侧目的。她从没有这样精致打扮过,只是为了葛仁。

5月,交往两个月,葛仁带她回家给家人看看。葛仁是高知家庭的小孩,父母待人有种冷淡客气到把人拒于千里之外的感觉;葛仁的父母不太喜欢她,她能感觉到,尤其是葛仁的妈妈;她悄悄问葛仁,他很直接地说:"他们觉得你太瘦小了,怕以后生小孩不好。"葛仁有点不上心的意思,她兀自忧心忡忡。葛仁可以放,但是,她不想输。在葛仁家的日子,她日日陪着甜美笑脸,争抢着做家务活,她要做出好人家女孩子的模样,柔弱、乖巧到让人不忍心打击。果然,离开的时候,葛仁家人没有多说什么,甚至和她说:"有空来玩。"虽然是客套话,已经让她略微放松了些。

回去的火车上,半夜,葛仁睡醒了,看到还坐在对面铺上没有入睡的她,她又和他说起这事,他笑道:"你对我好就行。我要你,他们就会要你。"他永远有充分的自信。说完,他翻转身又睡了。火车的轰隆轰隆声不绝,车厢微微摇晃好似在动荡不安的船上,她觉得这就像她的命运。

那年6月,她还是保全了最后的自己,免除了一种可能的始乱终弃的命运;9月,送葛仁走时,她泪如雨下。葛仁打趣她道:"那边中国女生很少,我不会拈花惹草。"说着,就伸出手来摸摸她的脸,"照顾好自己。"时间久了,也处出了深情。她知道葛仁,是在喜欢着自己了。

打了两年电话,她牢牢地收获了那个男人虽然粗糙但也诚实的心;研究生第三年,她完成了论文后,申请陪读去了美国。

爸爸妈妈流着泪送苏生去机场赴美国航班的时候,他们心头就有那么一丝惆怅的。大概,他们是叹惋的,倘若,苏生真跟了延

生,哪有这些生离的苦楚。

苏生如愿以偿地和葛仁结了婚,并生下一对双胞胎男孩。这回,葛仁母亲可以彻底放心了。她打越洋电话问候苏生的时候,温柔到有点像苏生的妈妈。苏生在这头,含着百感交集的泪。

姐姐苏同是最神秘的了。她研究生毕业回来过半年,后来被家人催婚等种种压力迫着,一天下午,独自悄然回了那个北方城市。妈妈在电话里和苏生说:"她的魂丢在那个地方了,她不愿意回来。她越来越不像我们家人了。"

苏生这头却心事忡忡,完全没有听见妈妈的话,她焦虑地问:"妈妈,小宝宝脸上有一片红色的点点是怎么回事啊?"

青炎

他注视她，她的眼眸是一种奇异的褐黄色，好像猫的眼睛一样温柔而神秘；可是他分明从她的眼睛里看出一种跳动的青色的小小的火苗，即使是火苗，依然看上去那么清冷。虽然看着清冷，却有着最灼热的伤。执拗，决绝，坚定，意志，这是他从这个女子眼中能看到的全部。但或许只是她的一小部分。

他爱上她，也只是在这简短的时间里。

她睡眠不好，缺少良好的睡眠。她能确定这是从她渐渐远离她衣胞之地那个江南的秀美小村就开始如影随行的疾病。

那个唤作绿庄的地方，绿树婆娑。家家门口有莲叶田田的池

塘,屋后有翠绿灵动的竹园。家是高大的青瓦房,木质的门窗;夏日,每每打开后院的门,清新的风总是吹在她柔嫩的肌肤上,抚摩她稚幼的面庞。那张在未长成时候就彰显着日后的惊艳的清秀面庞。

回想起家乡,她最多想起的是夏日的午后。如漫画似的图画里,她匀巧单薄的身体,着一件母亲在缝纫机上亲制的藕荷色的宽大的连衫裙,卧在青碧透凉的竹床上,大门与后门都敞开着,电风扇无声地转动着,和着从莲叶间和竹林间吹来的风,小小地吹起她的裙角。连大狗狗也是不叫了的,卧在屋外的大树的树阴下睡得香甜。这美好而酣畅的夏日的午睡是她在长大后再不曾有的。

每每醒来,总有母亲端来的用井水冰过的清凉的绿豆汤,笑靥像花朵一样浮上她天真的小脸。

后来,她读书,开始愈来愈远离故乡。

中学时候,她去了附近一个城市念书。

大学时候,她去了更远的一个更大的城市念书。

她常常在半夜醒来,醒在异乡的某个地方。她只是用被子愈加紧地裹紧自己,靠墙边再近一点睡,几乎到贴着它的地步;虽然身体感到墙壁夜晚的寒凉,可心里仿佛因为有了依靠也温暖一点的意思。

她知道这是个深夜还没有入睡的城市,这是个在很多不同的地方不同的事情还在上演的城市;也有很多人和她一样,在这样的深夜还没有入睡,他们在忧伤,在争吵,在兴奋,在欢笑,在流泪,在死亡。都市的霓虹在陪伴他们的这一切生命的过程。

她还知道,在家乡的小村,灯火早已经完全熄灭;熄灭了灯火的村庄好像和黑暗的自然融为一体,好像千百年来就是在这个它自己的位置,像个温暖的摇篮,天空的夜幕给它最自然的保护,佑护着其中的生民,安详地睡眠。

再后来,她会睡在了一个男人的身边。在柔软的床褥,奢华的卧房,她还是会半夜惊醒;她知道她在这个热闹的城市最热闹的某个地段的某栋高楼的某个房间的一张床上,在一个爱她的男子的身边,可是她还是深刻地孤单和恐惧。

大一时候,她还名叫苏小玉。这个名字里有着家乡小村的情调和小家碧玉的乖巧。她很快就有了第一个男朋友,那是一个时尚的CITYBOY,但很快分手了。从开始到结尾,都是他一个人的事情。是他的开始的执著让她以为那就是爱情的模样,是他的结束让她对人生的真相知道得更多;他觉得她不可救药,她的淳朴和天真未开化很快成了他和新的女友的谈资并流传到她的耳朵。他说起,他对穿着廉价衣衫,甚至是她母亲制作的衬衣的她陪他出入他的朋友圈子觉得难堪;他说起,他不止一次对她旁敲侧击

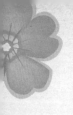

让她添置像城市女孩子一样的衣裳,她说太贵和没有必要;他说起,她永远的黑布鞋让他觉得可笑,虽然这是让他心动她的清纯的最初;他说起,她不会交往,不会说话,在社交的场所笨拙得像一只小鸭子,她还不会跳舞,不会吃西餐,到昂贵的饭店只会对着厚重的点菜单发呆,点几个简单蔬菜让服务生在一旁窃笑。

他总结,她不过是个漂亮的乡下孩子。

她像一个洋娃娃一样被无辜地放入一场爱情然后又被取出。虽然在这场拙劣的爱情后她开始了从内而外贯彻身心的很多改变。

后来正好学校给新生换身份证,她改了名字叫苏舜言。一切的改变也似乎从此开始。她并不是没有钱,家乡的丰裕完全可以供给她一般学生的消费。她开始和相熟的城市女孩去商场,去试穿那些精致的衣服和鞋子。她开始发现,那些东西似乎生来是为她而制作的,她能够最完美地贴合和体现它们。

她没有意识到但一定存在着内心的一些屏弱,在一段时间里她甚至憎恨自己属于和关于绿村的一切。她紧张,她每天都让自己保持着最佳的状态,仪容服饰一定无可挑剔以后才出门,有时若出门后发现自己哪儿搭配不好,宁可飞跑回宿舍赶紧换一下,为此耽误了课程也在所不辞。她知道自己是不想被他看到糟糕和不好的一面,在分手后,她一直期望让他看到最好的一面。她

似乎在一种斗争中,和绿村的影子斗争,和自己斗争,和他斗争,绝对不可以再输掉。

虽然她表情还是那么宁和,可是内心的火焰在一直燃烧,只有她自己知道。关于背叛,关于耻辱,关于骄傲,痛苦到要让她把粉嫩的嘴唇咬出血来。

只有读一个故事的时候能够让她真正宁静下来。

这是戏曲《拾玉镯》的故事。

春天的下午,只有微微的风,阳光好艳丽,柴门前垂柳的枝条轻轻地回荡,飘啊飘的。柳叶从孙玉姣的鬓边拂过,惹得她心里好烦。空落落的家,妈妈又出去了,只有一群鸡挨着她脚边来回在草地上寻食。她难道能和这群鸡说话吗?她笑笑,搬出一把椅子又拿出一只针线筐箩。她坐下,拿起没有做完的鞋子——自己的鞋子,看着鞋面上绣了一半的花。她想,这样的鞋,已经绣了不止一双了。难道她需要这样精致的鞋子么?什么时候才有机会穿呢?她挑出一根丝线,比比这样颜色,轻轻摇头,又换了一根,搓搓,纫针,穿线,她开始绣了起来……

这温柔的画面让她恍惚想起绿村,她若还在绿村成长,她若

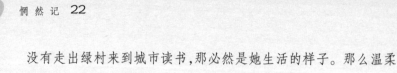

没有走出绿村来到城市读书，那必然是她生活的样子。那么温柔美好。

她开始在夜半失眠。流会儿泪，在心里翻阅那温柔的故事，在故事氤氲出来的甜香气氛里脸上挂着泪珠沉沉睡去。

事实上，也许她找错了斗争的对象，在她开始改变的时候，她原来想斗争的人早和她不在一个水平线上了。这是她在后来才知道的。她清晰的轮廓，线条优美的面孔，秀气的脖子，精致的锁骨，似乎天生就是属于城市的，她那么容易被城市接受甚至崇拜。

他很快被抛在了她的爱情历史的遥远的后面，她有了众多仰慕她的男子，不乏出类拔萃者。

大学后来的时间里，她浑浑噩噩又似乎十分清醒地度过了。男朋友一个然后再一个，一个比一个好，一个比一个对她好。她很快发现了，这也是她的病，她没有什么留恋，也不要什么爱情，她只是要更好的，不断地要。

也许只有更好才更能衬托起她的骄傲。

她和四年前那个刚刚入学的单纯女孩子已经不一样了，她和十几年前，绿村那个天真小姑娘更不一样了。

她气质清冷，容颜秀美，聪慧乖觉，几乎是完美的女子。

她只是觉得孤单，有人陪伴还是孤单，从心底里彻凉的孤单。绿村竹林清冷的风已经吹到了她生命的底层。

她已经四年没有回过绿村了。似乎是害怕绿村的落后沾染到她现在生活的气息里,污染她的城市气质。

这样那样的不回家的借口,父亲母亲含着委屈像宠爱幼时的她一样原宥她。她也许久不要家里的生活费了,开始是有爱她的男人给她,后来她自己也会挣,而且先前的那些开支的数目已经是现在的一个零头了。

很少有人问她来自哪里。似乎人人都猜度她该有不凡的身世。而只有她知道自己是小小的绿村孕养出来的女儿。但是她一直试图抹灭和忘记。也许是第一次的伤害太大,也许是她太受不起伤害。

有时,和父亲母亲通电话,他们会问到:有男朋友了么,有机会带回来,给我们和亲戚们看看吧。

她说:还没。然后说,以后我有满意的人了,会带给你们看,但不带回绿村。我要在附近的城市买房子,你们搬去住,我带他去那儿见你们。

她总是坚定地说:我一定会找到一个真正高贵的人,让他带我回家。绿村不配让他去。

她知道这些话会很深地伤害父亲母亲的心。可是她要用反复的陈述来坚定自己的内心,其实还是那么柔软的内心。

他远远看见柳树底下有一群鸡。

　　还有一个低着头做针线的女孩子,远远看不清楚,只能看见她有一头浓密、黑得闪光的头发。头上插着一根发钗,也许是镀银的。不管怎样,这实在是美。他踌躇,又在女孩子偶然抬头时碰上了她的眼睛。就是这双眼睛,使他最后改变了主意,终于慢慢地向她这里踱过来了。

　　他磨磨蹭蹭地走,到底想出了怎样和这陌生的女孩子搭讪的办法。

　　拾玉镯里面的女子在遭遇她的爱情,古典的羞涩和试探。

　　若她还在绿村,会遭遇什么样的爱情呢?她倒没有想过。

　　认识梁颂是因为他们公司找到舜言做形象代言。因为他们是一个酒业集团,要给一个新推出市场的果酒系列找代言。而舜言从大二始就已经被一家模特经纪公司录用,这类代言也做了不少,所以驾轻就熟。签了协议后约好下周就进棚拍摄。

　　签协议的那天晚上,按惯例协议公司由董事长出面宴请舜言。

　　他注视她,她的眼眸是一种奇异的褐黄色,好像猫的眼睛一样温柔而神秘;可是他分明从她的眼睛里看出一种跳动的青色的小小的火苗,即使是火苗,依然看上去那么清冷。虽然看着清冷,却有着最灼热的伤。执拗、决绝、坚定、意志,这是他从这个女子眼中能看到的全部。但或许只是她的一小部分。

他爱上她,也只是在这简短的时间里。

结束时,她上了公司给她准备好的送她回去的车,进去后,看见他在主驾的位置。

"不要做这个代言了。我不喜欢自己的人抛头露面。"

她疑惑地看他。

"做我的女朋友吧。让我照顾你。"

他和她就在一起了。

一开始,她并没有认为他和她先前认识的那些有钱的男人们会有太多不同,也没有当他和别人有太多不同。只是乖觉地做好自己女朋友的本分,聪慧地察言观色。

但是,日子久了。她开始有些恐慌;因为她感到,他或许就是那个她一直想要找到的人了。

那个真正高贵的人。

一个男人的高贵和金钱的关系其实并不很大,而关乎内心。

他的品质让挑剔如她也臣服,他的性情让她觉得人生从没有如此温柔美好。她开始真正欢娱地笑,并开始从心底里萌发着希望期待着未来。

后来,他们同住了。她惊异地发现自己的睡眠开始好起来,虽然还是会有惊醒的时候;但是她会钻到他的怀抱里,他在睡梦

里,朦胧而习惯地顺势把她搂在胸前,这是传说中一种相爱的人的睡眠的姿态。她只是躺在他的臂弯,头贴紧他的胸,感受他的温暖和有力的心跳,手臂有些紧张地环抱着他,很快就睡着了。

他们在一起四个多月后。有天,他对她说,今天晚上穿正式点,一起吃饭。

然后,那天晚上,他带她去见了他的家人。

他的父母和他和她一起吃饭,他的母亲看看她,问起的第一句话竟然是:你是哪儿人?

她几乎毫无犹豫地说出了自己家乡附近一个城市的名字。

也许,当一件事情欺骗久了以后,连自己都会相信是真的。

她也不明白自己为什么如此在乎城市与乡村,若完全归咎于那次打击也是一种推卸责任。

她不明白自己为什么如此不敢承认与正视绿村的存在。

一切进展完美。他的父母对她似乎很满意。尤其他的父亲,眼神里都充满了怜爱,让她不由想起久违的父亲,泪水几近涌出来。

这一次合家吃饭的场景不免让她想起太多,找回一些已经尘封好久的感情。当晚,她打电话给父亲,说:"有空我回去看看你们。"父亲在那边已经说不出话了。

又一个多月后,他和她说,有空带我去拜见你的父母亲吧。

我父母的意思也是,早点见完双方父母。

他顿了顿,很认真地看着她说:"然后,我们结婚吧。"

她躲闪不了他的神情和拥抱。

可是,她可以消失。

她不能带着一种被揭露的欺骗去面对他,她不想以他对她的爱作为资本获取他的一次可能的原谅;她想给这个自己唯一已经在逐渐爱上的男子一个最完美的记忆和无瑕的收梢。

她走的时候,什么话也没有给他留。

她心里知道她是有一点后悔的,她后悔在他母亲温柔目光和语调中的那句:"你是哪儿人"的询问中,她没有回答绿村。

其实绿村是个很动听的名字,不是么?

她知道自己最终是做不到对父亲母亲,对绿村残忍的决绝。

她势必要将那个将迎娶她的人带回她成长的绿村,去和她一起感受绿村荷叶和竹林间的风,和她一直追寻她童年时候生长的天真浪漫的快乐。

可是,这个谎言,她已经无法补救了。

她是在后悔的泪水中逐渐了解,逐渐释然的。

她从那个城市回到绿村和父母暂住。她知道他是无论如何也找不到她的。她预备过一段时间后,去另外一个城市生活。世界虽然很小,但是若一个人要诚心躲避另一个人,还是可以让他

一辈子找不到的。

夏日的午后。如漫画似的图画里,她匀巧修长的身体,着一件母亲在缝纫机上亲制的藕荷色的宽大的连衫裙,卧在青碧透凉的竹床上,大门与后门都敞开着,电风扇无声地转动着,和着从莲叶间和竹林间吹来的风,稍稍地吹起她的裙角。

一只温柔的手抚摩上她光滑的肩头,他熟悉的声音响起来,他温柔地对她说:"舜言,我找了你好久。"

她在朦胧的睡梦里微笑。

只有绿村能给她这样酣甜的睡眠和这样美丽的梦啊。

理发师

一、LIFE IS STRUGGLE

那个晚上,混乱、盲目,关键词是争吵、疲惫和绝望。

她和唐宽,两年的爱情,终于走到一种两人都觉得茫茫的地步。为了是否带小满去唐宽的家和他家人一起给他过生日,他们争吵了。小满觉得委屈,照例地不说话,这是和他认识后,他过的第三个生日了,她似乎始终没有可能,走进他的家庭,享受被祝福的爱情。唐宽始终不敢带她回那个有着严厉父亲的盛大家族。小满出生于城市的破落街巷的草根阶层,连名字都取得粗疏,小满这个名字的来历只是因为她出生于那个节气。初夏的气味弥

散，氤氲开来，谷雨已往，立夏之后，植物破土而出与重生的渴望，生长的狂喜，都寄寓在这个节气。不屈服的、柔韧的、张扬的、激烈却又隐忍的，或者，也是小满本身。

出生于草根阶层的小满，唯一的资本是美貌和智慧。那种合宜的美貌，有吸引普通人的温度，不是冷淡的高贵决绝，她是站在那儿，连商场保安或者小区物管也爱多关照几句的女孩子。她是亲切的，外表是春天味道的女孩子。

两年前，唐宽大概也是这样被吸引的吧。他从篮球场的那头走来，走到正在上一层平台的排球场微笑盈盈地看女友们打球的小满面前，停下来。她笑容灿烂明亮，眉目温婉。他穿着 THE LAKES 的紫色球衣，衬得他的皮肤尤其白皙，上面凝着的汗水都似乎是洁净的，他一看就是好人家的孩子，娇生惯养长大。她带着一种对未来一切的无知，只用着那个下午的好心情，和她的好容貌，迎上他的目光，答上他的话语。

就这样，爱情的发生，似乎很容易。他们很快就住在了一起，那是唐宽对小满的爱情最热烈的时候，为了让两人有更多时间，在个人的空间里生活，他在学校附近的高层租下两人的两室一厅的小窝。

每周，他们来那个房子一起度过周末的两天。在同一所房子里，他们微笑，他们像家人一样吃饭，他们一起看碟，一起看书，一起做功课,他们有着温润的爱情;在同一所房子里,他们默不作声,各自做各自的事情,他们冷言相向,他们流过泪,他们的爱情,有共性的伤。

他们保持着异常纯洁的关系。小满不肯,小满是个保守的女生;唐宽也不愿意,对他的家族荣誉,他有着不可抗拒的畏惧,如同,对他的父亲一样。

也许,这很好,这让他们的爱情保持了某种纯度;当然,我们也会怀疑,他们的爱情也许会缺乏某种深度;但他们这样选择了,按双方的意志做出选择。

当然,也会有意乱情迷的时候,总会有一方冷静地把另一方踢下床,推出房。

两年了,这个房子里,他们彼此的身上,已经铭刻了彼此的味道。

这一晚,他们争吵。小满不可抑制地说起心中的压抑,泪水滚滚而落;唐宽极其烦躁地讲述自己的苦衷,说:"你要有耐心,等我可以独立,我会给你承诺,请不要逼我。"

漆黑的房间里,他们看不到彼此的脸,话语在冲击,回荡。

小满把自己缩在衣橱旁的角落,脑中的情境回到的是小时候,因为不小心做错事情,被脾气暴躁的父亲推出门外;一人坐在门外,漆黑的楼道,顶窗的风呼呼地刮进来,心里凝结着害怕和

冷。她一直流泪,它像某种泉水一样源源不断,脸上已经感到被泪水淹渍的痛,她环抱着膝盖,想把自己缩得小一点,再小一点。

唐宽蹲到她的面前,试图拉她进自己的怀抱,她坚定地抗拒。唐宽一度以为她是和外貌一样婉约的女子,在相处的时间里,他已经知道她的倔强,他放开她,不再管,一个人默默坐在床边。

她哭得声嘶力竭,后来,幼时哮喘的后遗症让她呼吸急促,她被唐宽抱到了床上,她一阵阵激烈的身体抽搐,几次都似乎呼吸不能上来的样子。唐宽紧张地放平她的身体,有节奏地抚摩着她,试图让她平静。

然后,她就在他的怀抱里,逐渐安静了,伴着他渐起的鼾声,她的眼睛也慢慢合上了。泪水还是潮水一样阵阵涌出来。

二、潘家花园

第二天,她醒得很早,这真是个美好的春天早晨,她很久没有醒那么早了。她还听到了鸟的鸣叫。她穿上合身的白色衬衣,敞开第二颗纽扣,松松地系上细条的淡粉色细格领带,修身的牛仔裤让她格外高挑。她甚至对着镜子里的自己微笑了一下,嘴角习惯地上翘。这是她调皮的、青春的样子。

她喝了水,吃完一些每天要吃的药。她穿过马路,来到学校,走进艺术学院的大楼,来到二楼的影视工作室,她和那个胖男人说:"我要台机子,我有个选题要拍。"

张达明青年时候也曾是一文学青年,天南地北跑了很多地方,也曾憧憬无限,追求良多,后来年龄大了,终于在 C 大的艺术专业谋得一职,停留下来。多年的饮食不当,烟酒过度,让他成为一个肤色黯淡,大腹便便的人。他一直没有能够上讲台给学生上课,后来就在影视工作室管理器材,偶尔教教学生那些机器的使用方法。他的个人生活如同他的作息一样混乱,在经历了据他和系里男生说过的诸段缠绵悱恻的爱情后,他一直单身。

明老在器材柜看了会儿,拿出台机子,说:"小满,给你松下JVC 怎样,这台小巧,适合女孩子用,移动方便,除了可能对光的要求高点,画面不那么好,别的缺点没什么。"

小满笑笑:"大概是这台机子最便宜吧,所以借给我。"

他胖胖的好似加菲猫的脸上流露些许尴尬,道:"你知道你的师兄师姐都是很精的人,好机子都被他们挑走了。"

"没关系。反正我也拍了玩。"小满不在乎地随口说道,就开始收拾东西了。

她拿了机子,两块电池板,充电器,10 盒带子,末了,背上摄影包,拿起三脚架,就预备走了。走到门口,张达明的询问声追过来:"你的选题是什么,我登记下。"小满转过头,面无表情地说:

"理发师。"

人有时在极度疲惫的时候,会很难记得随时地控制表情的。

小满觉得疲惫。她忽然想开始自己的纪录片"理发师"的拍摄。她晚上上网的时候,在自己的 BLOG 里记下了这条,以后,她每次去拍,都会在 BLOG 里记录下拍摄日志。

张达明看着她的背影消失在门后。他喜欢她的背影,那样青春的、长腿长发的女孩子,他喜欢她,符合他年轻时候对理想女性的所有期待。他请过这个女孩子去酒吧。宽大投影上放着猫和老鼠的动画片。小满和他,对喝着小瓶的百威。小满把小杯子放在一边,豪迈地用瓶子喝,她明媚的眼睛在酒吧闪烁的灯光里尤其灵动,"老师,别喝输给我哦。"他爱慕地看她,内心带着某种真诚或者虔诚,在长达一年的观察和接触里头,他感觉她的善良美好,他甚至相信他找到了自己后半生的唯一挽救,梦想中的港湾终于抵达。他开始做出了他后来很后悔其愚蠢的行径,他握她的手,他向她真诚地说出相濡以沫、岁月静好这样的词语;她惊讶,然后抽开手,虽然还是微笑的,可是笑得冷淡,她清楚地说:"不可能,老师。"

他后来觉得自己的可笑,是因为他觉得,这个女孩子是生活在光明里头的,她最终会有她光明的现世和归宿,她与他的世界终究是不一样的。她的光明性情也容不下他的阴暗过去的。

小满，永远不可能接受任何身世飘摇的人，这是张达明所不知道的。

不知道为什么，张达明直觉地认为，这天的小满，和平常有点不一样。

唐宽那天醒来见到小满已经不在了。他照例想她应该回学校了。他对小满放心，知道她是理智的人，不管什么事情，都至少会照顾好自己。他起来洗完澡，收拾了几件衣服，就回宿舍了。家里的车下午会过来接他。

他打了个电话给小满，电话那头很吵，他听出来是吹风机的声音，知道是理发店。他和她说下午要回家了，大概一周后回来，让她照顾好自己。

小满清楚地知道，一晚的疲惫流泪也不过还是指向这样一个结果，一场辛苦不过是一场自我可怜，敌不过一个男人的自我保护。她淡淡说："知道了。你也好好的。"

下午，唐宽在回家的高速上，无意中想到小满怎么会在理发店。心想，小满好像已经大半年没有去过那个地方了。不会是去剪短发吧，女孩子赌气都会这样。想想又不像小满的作风。司机这时和他说起，父亲为他生日订的饭店，预备请的宾客等等，把他的思路很快拉过去了。这时，他看到前面到了那个叫"潘家花园"的收费站，他喜欢这个名字，每次看到都要微微一笑；他的理

想生活就应像这四个字一样,它应该是富足的,平和的,中庸的,现世太平的。这也是他的家庭一直给他的,他不想有任何破坏,也不想自己的生活会与它有任何抵触。他没有想到会选到小满这样的女子,外表类似,真相远离他的理想。他有些烦躁,但依然还是抱着有解决之道的希望。他是道德准则美好的人,他并不想辜负她。

司机打开车窗付钱,一阵很好的春天的风吹进来。唐宽舒服地闭了闭眼睛。

三、花 样 男 子

小满很快联系到了暮冉和秋海。他们都是她以前陪朋友去做头发时候认识的理发师。

小满不喜欢做头发,她喜欢让她的头发按自己的样子长,私心里,她是希望头发长一点,再长一点,她不喜欢剪掉一点点。她几乎一年才去修理一次发梢。

但是,她的女友们喜欢喊她陪她们一起去做头发。选择陪自己做头发的伙伴其实很微妙,首先她要是有耐心的,因为没有一次做头发会是低于两个小时的,换成一个急性子的人,催促声会逼疯你的;其次,她要是好眼光的,才能在让你看得眼花缭乱的发型样板里帮你挑选最合适的,不至于让你顶着一头第二天就会后悔的头发回去;最后,她要是好心肠的,才不会因为女孩子的嫉妒的缘故,推荐给你一些看似时尚其实很破坏品位的头发。无奈的是,小满这三条都是符合的。所以,她常常会被女友们要求陪她们去理发店。照例的,会有理发师过来和她说话,她会和理发师们聊得很好,在边聊天的时候边从镜子里给在做头发的朋友递过去一个贴心的笑容。

暮冉和秋海都是很漂亮的男人。暮冉长得完全像木村拓哉,只是线条比他更柔和秀美些。他有些内向,不苟言笑,却会逗得满屋子的女生都想能和他搭上话;秋海则是当下最流行的细长眉目的韩国俊秀男子的形象,而且他很清楚地知道自己的这个优势,打扮也倾向韩流,镶边的半框眼镜架起来,笑的时候嘴角翘翘的,好像当红的 RAIN,实在迷人。

其实若留意,就可以发现在理发店里经常都有一些长相漂亮的男子。不是那种粗线条的男人味,但是却有着柔和悦人的秀美,与他们的职业很相得益彰,被他们伺弄着头发的时候,年轻女子们常常不能拒绝从被他们的指尖触及的头皮而至全身的微微眩晕与虚荣的满足。一次做头,变成了一场盛宴。色,香,味,俱全。

见到暮冉的时候,他随便地着了件墨绿色的旧 T 恤,胡子茬

已经从清秀的下巴冒出来。进去时,他正给一个男生剪头发,他冲小满点点头,说你坐。不一会,他就过来和小满说话了。小满认识暮冉是两年前,那时,他在一家蛮大的理发店,是主打发型师。后来,他跳槽出来了,在学校里租了房子,开了间属于自己的理发店,店面小小的,设施也比他以前工作的地方简陋很多。

他和小满说:"生意不大好。"他锁着眉,还是像以前一样话不太多。"学生都会觉得校内的理发店不如校外的,宁愿花几倍的钱去外面剪头发,做头发。"又说了会话。小满说了自己的意思:"我想来拍点东西,这是我的选题,想做一个记录片。""多久来一次?""两三天吧。""让我想想吧。""我一定尽量不影响你的工作,主要是拍你。如果有可能拍到剪头发的人,我会先和他沟通的,他同意,我再拍。""我这边的地方太小了。可能不很方便。""我的机子很小,一定不影响你。"小满几乎有些哀求地说了。暮冉笑道,好像不好拒绝似的说:"好吧。"小满很开心地离开了。步伐轻快,身体微微跳跃的感觉;傍晚,学校广播的音乐在响起,她几乎要在宽阔的马路上一个人跳舞了。

她出校门,步行了 10 分钟,到了秋海在的那家店。那是校园附近最豪华的一家理发店,秋海在那家店的地位就好比暮冉在以前的店里的位置。她到门前,迎宾的服务生就拉开了玻璃门。她说我找秋海。服务生拿起对讲机。很快,就看见秋海从玻璃的楼梯上，自二楼下来了。他穿了件合身的白衬衣，莱卡的质地让它微微贴身，有种含蓄的性感，在腰侧有一朵精致的电脑刺绣的黑色玫瑰图案，他穿着合身的黑色长裤，衬衣下摆系在皮带里面，很好地拉出些褶皱。永远那么迷人的秋海。小满笑了。小满和他说起拍摄的事情，他几乎没有思索就说："没有问题。你尽管过来吧。若我不在班，也不要怕，就和他们说是我的朋友。"

"谢谢你啊。"小满笑道。"不客气啊，能帮你的我一定尽力帮。"秋海的脸上总是带有些不知不觉的腼腆的笑容，他目光不经意地扫过小满的头发，道："最近没有保养好吧。分叉可多了。"

生日宴会是盛大的，M城最好饭店的两层楼。不断地寒暄，敬酒。回到家后，唐宽径自进了自己房间，拿了衣物，去独立浴室洗澡。看着自己胖起来的微微凸出的肚子，他想起每个周末，总是让他满怀期待的小满做的饭菜。她每次都坚持先回家做好，等他回来吃饭。她说她喜欢那句歌："只要你想回家，我都会等你。"有时，她真是贴心可人的。洗澡出来，他吹干身体，穿好衣服，来到电脑前，上网，习惯性地去了小满的BLOG，发现，她BLOG不知道什么时候换了背景：一个屈着背，弓起身体的柔软的天使，透明的翅膀，橙红色的身体和长长落落的卷发。她的进版主题词也变成了"LIFE IS STRUGGLE"。他念叨着这句话，起

身去拿了一盒鲜奶,边喝边看到了小满的新日志。

"沟通顺利,很快可以开拍。希望老天爷让天气好^_^。"他有点纳闷,喝了口牛奶,再看前一天的日志,知道小满预备拍纪录片。"我才离开一天,她搞什么?"他有些不满地关了网页。他上了MSN,网络通话的请求标志很快亮了起来,他拿起耳脉,又有些心烦意乱地放下了;径自合上电脑。走去床上,重重躺下,扯过被子,嘴角带了些少年时候才有的任性赌气,睡了。

四、抱　　抱

"抱抱"是一个陶瓷做的娃娃,双臂伸出来,头微微上扬,一种等待拥抱的姿态。所以,唐宽把它送给小满后,小满就给它取名叫"抱抱",并且成为了小满最心爱的物品之一。小满每每看到它可爱的样子就心情舒展。小满坚信自己将来会有这样可爱的孩子,每每看到它的时候就不禁地目光柔和下来。

小满把详细的选题报告交给了老师,老师给了工作室一份作备份。张达明很仔细地读了一遍,他觉得这个女孩子最近有些不一样了,具体哪儿不一样,他也说不清楚。那天,他煮好了泡面。拿起那份报告,预备边读边吃,睡到10点才起床的他早已饥肠辘辘了。他迫不及待先叉起一筷子面,却不想汤水溅到了报告上,他拿起报告,抱怨着去拿毛巾揩。露过窗口,他看到一个熟悉的身影。那是小满,她正迎着他的视线走来;她还是白衬衣、牛仔裤的打扮。不过这天的白衬衣有些巴洛克的复古风,泡泡袖,腰间贴和的系带束腰款。他定定地看着她走过去。步履轻快,头发微微飘扬着。屋外的阳光真好,可是仿佛却不是属于他的,他觉得她连影子都那么好看,而自己却可以羞赧成史莱克的模样。

他读起了这份报告

"王小满　学号 18021322 艺术学院影视编导专业 2002 级

选题名称:理发师

选题构想:高校附近的理发师和学生,在极其接近的空间里,或许有着极其相近的年纪;可是社会地位,知识积淀却使他们产生了距离,这会在他们的互动交往中产生微妙的影响。我觉得理发师是个具有美感的职业,我也希望从他们身上找到某些审美元素。并希望找到这种美感与纪录片的纪实风格的最佳结合。

拍摄方法:我会运用纪录片的基本拍摄准则和原理,推崇正常的视觉镜头、跟拍、长镜头、不被插入画面的采访等,力避配乐、解说和频繁的切换,以防止表现性元素过度对现场感的破坏。但是基于拍摄对象职业的特性,我希望拍摄出一部具有视觉美感的记录作品。我会用适当的方法,强化真实,把握节奏。

拍摄对象:已联系

感谢老师和工作室能给我这样一次拍摄机会。我会努力工作，积累素材，力争在 6 个月的时间内完成素材的拍摄和后期的剪辑工作，交出一部理想的作品。

"看起来有点意思。"张达明抬起头，其实，他并不能从这份公文式的报告中读到什么他想要的东西。

拍片子的时候，她习惯把袖子卷起来；那让她有一种愉悦的中性的利落的感觉。

暮冉的店小，只有一排五张座椅，和对面的五面镜子。她把三脚架的开合收到最小，她尽量贴着墙壁，给出足够空间，拍出够全景的画面。因为暮冉背着她工作的，她无法拍到他的脸，但她很快想到了利用理发店的特殊空间的拍摄方式，她从镜子里拍暮冉的脸；她喜欢把镜头由远而缓缓拉近，来一次次拍他的脸。她迷恋这样的镜头感觉。她想像着，当这一切被投放到整面墙的巨大投影，这将会是一场多么美好的出现。

在暮冉的店，这样被她的镜头迷恋捕捉的还有墙壁上造型简单的钟；从这个钟里，她看到暮冉在一直连续工作，从上午 10 点，到下午 2 点。因为客人进门都喜欢点他来做头发，他并不好拒绝。他沉默良多，偶尔和客人聊天。

她看到那些还稚嫩的女孩子，却会显现出成年女子的姿态，眼光里淌着风情,白皙的手指不经意温柔地像拂过琴键般拂过暮冉裸露的手臂;大概因为年纪小,她们的动作更多显现出一种可爱的娇态却不讨人厌。

小满冷冷看着,机子在工作,带子在安静转动。

她随意地走动四处张看,看到一扇门,看起来,像是通向里面的一间屋子。

她推开那扇虚掩的门,那是一个十几平方米的小房间,她看到杂乱地堆在地板角落的几条被子和一些衣物;旁边是正在忽忽冒着热气的、煮菜饭的电饭锅;白色粉刷的天花板,因为长久没有打扫已经蒙了一层灰,一只蜘蛛在角落安静地织着网。

两点多后,暮冉开始吃饭了。他吃饭很快,很大口,让人怀疑他有没有品尝到饭菜的滋味,很快他就已经吃好了。他偶或抬起头,看她,笑笑。她也递过去一个恍惚的笑容;他的另一个伙伴在扫地上的落发,那些曾经被精心照顾过的头发,现在粗疏地被遗弃在地面上,轻飘飘地被扫帚的风一阵阵掀动。

她和暮冉说了"再见"。关上理发店的门时,门上挂的玻璃制的晴天娃娃晃了晃,小满停下来,打开机器,给了它一个很长时间的特写。它有透明的鹅黄色的脸蛋,一直在笑。

秋海工作的店会让小满的机器相当满意,它有很多可以采取的镜头。这个理发店本身就是一个优美设计的作品,据说老板邀

请了韩国的设计师作了全面的设计调度。红色为主调的设计,圆形、弧形和方形的完满结合,玻璃素材的良好运用,现代造型的椅子,宜家的设计精巧做工考究的纸质外罩座灯、悬灯,小满的机器一直在不断地工作中。由于杂物很少,拍出来的镜头有视觉阻碍的并不多。小满是满意的。她到底是个想把纪录片都做成抒情诗的人。

秋海的动作都那么富有戏剧性,他的弧度会比较大,而且他会自觉地把脸和身体的正面对向镜头,并不需要小满刻意去捕捉。慢慢地,小满觉出了一些什么,这场拍摄变成了她和秋海的一场表演,来自一种彼此不着一词却心知肚明的预谋。她突然觉得索然。

镜头里太多漂亮的东西和人,花团锦簇。小满却找不到自己想要的。

她想要的,是暮冉那扇虚掩的门后面的东西么。可她又不想如此贴近人生的真相。她的镜头不会选择,她也不会。

当小满把机器平角转动推拍的时候,她注意到,四周太多的镜子,让她的身影,也一直出现在了她的镜头里面。

她好奇地,把镜头推近到镜子里面的自己。她看到一张面上始终若有若无的微笑,但藏着深深疲惫的脸。镜头真实地告诉她,她的浓重黑眼圈,她额上和下眼睑的细纹,还有嘴唇的苍白缺乏血色,而且它始终以一种紧张姿态微微抿着。

她想起不久前,老师给他们播放他们大学甫一入学时候的录像。摄像机进了她们宿舍,她追着镜头灿烂地笑,无可挑剔的青春盎然的脸。

什么东西让她的手一点点冰凉。那丝惯性的笑容终于从她的脸上落幕。

唐宽回到学校了。他们在租的家里见面了。小锅里咕嘟咕嘟煮着唐宽最爱吃的糖水:冰糖银耳莲子羹。他们和好了。唐宽带回来给小满的礼物堆了一桌,似乎想不和好都没有可能性。唐宽坐在书房的地板上回放小满已经拍好的带子。"他们长得可真不错,不做理发师做别的什么也都有可能啊"。"做什么?"正在池子旁洗草莓的小满笑盈盈地问他。他过来搂她的腰,"不要拍了吧。没意思,又不是什么边缘人群,不会有什么反响的。"他拈起一个草莓,雪白的牙齿伶俐地咬开它,汁水甘美地滋润了他的口唇。"长这么好,却只能做理发师,真可惜。"

小满笑笑。

晚上,唐宽把小满搂在怀里,小满枕着他的肩头,两人睡在床上,目光都落在天花板上。"怎么会想到拍理发师?""不知道,可能觉得他们真的是很漂亮的人。我喜欢拍美好的东西。""觉得别人比你男朋友还漂亮啊?"唐宽玩笑着身体作势想压在小满身上。她伶俐地缩起腿,把他踢下去了。

如往常一样,唐宽去书房睡了。小满冷清地看着天花板,借着窗外微弱的光,看到窗前桌上抱抱的轮廓。也许自己就像"抱抱"一样,有时似乎被哄一哄,抱一抱就什么都万事大吉了。事实的真相语焉不详,聪明的人不去询问。

五、收　梢

小满很快把机子还回去了。她和张达明说:"几盒带子留给我做纪念吧。我就不交给你了。"

暑假临近,小满和唐宽的爱情在经历了一个低谷后,重新进入一个稳定而甜蜜的时期。他们坐在书房的地板上,每每拿铅笔在报纸上画着旅游线路,决定夏天的出游。

暮冉的店终于关门了。他离开这个学校前,打了个电话给小满,告诉了她。

秋海越来越受欢迎了,小满甚至经常听到朋友、同学谈论到他。每每听到,她只是笑笑。她现在很小心,不太大笑,因为报纸上说,激烈的笑容是造成皱纹的原因之一。

小满的那份作废的报告有一天连同其他的作废报告一起被

张达明拣出来,准备丢掉。她的那份在一叠的最上头。张达明离开工作室的时候,照例忘记了关窗户。初夏的风清凉地吹进来,像初夏最宠爱的孩子,精灵而调皮;小满的那页还留有着油渍痕迹的报告,被吹卷出窗外,在树木间随风飘远,终于不知道飘去了什么地方。

小满后来知道暮冉在大学城新开了一爿店,出于对友谊的尊重,她去看他。

那是初夏的午后,她坐的那路空调车人很少,她手扶着脸,侧靠在空调车厚实的玻璃上,手与玻璃接触的冰凉触感十分惬意;她昏昏欲睡,头终于一点点低了下去,埋在了胸前,乌黑的长头发流水般肆无忌惮地披散着。

她去了那么多次理发店,终究还是没有剪一次头发。

唐宽,我不曾告诉过你,其实我的父亲就是一个小镇的理发师。

在幼年时候,也是这样的夏天。她在小镇的马路上飞快地奔跑,只是为了去商店给父亲一个挑剔的客人买一种好点的洗发水。棱角分明的石子马路被太阳晒得滚烫,她穿着薄薄底的凉鞋,每一步都硌得脚生痛,可是,她一直飞快地跑。

爸爸也曾是个俊秀的男人,他是小满的美貌的全部来源。看爸爸的旧照片,爸爸的脸上有习惯性的腼腆的笑容;可是,她慢慢

有记忆的时候,她已经看得多了小镇的女人们,在理发店里和爸爸不伤风化地嬉笑,父亲似乎早已习惯。而伙伴们的取笑,让少年早熟敏感的她,悄悄含过泪水。

她对女性的所谓妩媚的伎俩,早早地了如指掌;只是,她终其一生,都将是个不解风情的女子。

父亲温柔修长的手,曾经照顾过小镇上很多人的脑袋。可是,从来没有落在她的头上过。

她曾希望以某种方式完成对父亲的思念,但是没有能够。暮冉的光鲜容貌美好性情终究不能是一种替代,她心里清楚地了解,在家乡的小镇,父亲已经被时光雕蚀成一个委顿的老男人。

她多么渴望,时光倒转,重新获得父亲的手温柔的呵护;她多么渴望,一个家庭的模样,温存,收留,拥抱。

唐宽,你不曾知道。

不会过期的拖鞋

童晓笑的私人生活

童晓笑在 N 城一家机关幼儿园做幼儿教师,把小日子过得有情有调,有滋有味。

房子租在一个不错的小区的 5 楼。房子是 1999 年的房子,装修得却无可指摘。主人家似乎有些宁滥勿缺的意思,什么设施都配套齐全,甚至还要装上双份。细节细心处到卫生间里也留了网络接口。因为设备齐全,装修良好的缘故,房租自然高得没有道理起来,一个小户型的一室一厅,要 1800 大洋。童晓笑照样愿意租,当然,这房租,一半是家人支援,一半是自己出的。童晓笑

喜欢把生活过得从容不迫,她不是会让自己过得窘迫的人;她觉得人生短,女人的青春更短,她要过得优游,养自己,像养心爱的猫一样。把自己当自己的宠物,未必不好。

童晓笑23岁,没有男朋友,不是没有谈过恋爱。大学里面,像她这样讨人喜欢的女生,自然追者如云。她也有过二三男友,但大学毕业后就各作鸟兽散了。工作后,圈子狭窄,她在幼儿园当老师,遇到的好男人都已经是孩子他爹了。也只能咽咽口水了。她偏偏又是在交际上懒惰的人,同学的大小聚会少有兴趣参加,每每下班、休假就像猫一样窝在自己十分舒服的小窝里,想推销出自己就更难了。远在家乡的父母鞭长莫及,自然无法达成让女儿乖乖去相亲的目的。所以,童晓笑,年轻貌美,没有男友。

不过,童晓笑并不担心,她才23,笑靥如花。

童晓笑性格很好,她的脸上常常有着甜美的笑。在麦当劳吃开心乐园餐,得了只会呜呜叫的热带鱼玩具,会晚上睡在床上一个人捧着它玩上好久;休假期间,楼上的某家小孩日日午睡时间练钢琴,丁丁东东,她听得乐趣斐然,不觉吵闹;上班时候,她总能逗得那些小孩子咯咯笑,或者破涕而笑。她穿学生制服一样的粉红色工作服,形容可爱,坐公车时候还会被在校大学生当高中女学生搭讪,世界像七彩彩虹桥上的天堂,像飘满五颜六色的气球的游乐园。世界很可爱。

她这样的女孩子怎么不会收获一份圆满感情呢？

许凌霆的私人生活

许凌霆的生活像他工作时候长期接触的数据一样,非常规范、理性,具有规律和常态性。

他在 S 城一家资信评估公司当研究员,职称是专家,手下有三个人,都是来自重点院校的研究生。他自己亦是金牌大学的金牌专业的博士。

S 城是有名的被一般等价物玩转的城市。许凌霆到 S 城生活已经有 7 年了。他十分习惯这里的生活和生活方式,其实,这种生活方式从一开始就与他的个性相当契合。

他成熟、理智,与人淡漠,很有金钱观念,分毫不让,睚眦必报;他符合这个城市的风格,或者说,符合这个城市成为主导者的风格。

许凌霆房子租在一个小高层的 7 楼,40 多个平方,装修很简洁,设备还是相对齐全的。他觉得那就够了。他没有买房,预备看好地点和价格起落再说,且觉得目前没有这个必要。他的余款很好地存在银行里和投资在股票上。

许凌霆 32 岁,没有女朋友。不是没有谈过恋爱,在大学里,

高大英俊、成绩优异的他是众多女生青眼有加、投之桃李的目标。许凌霆很难喜欢上什么人,大三时候,被中文系一个娇俏女生打动了。那是个来自单亲家庭的女孩子,大眼睛,小尖脸,很容易眼泪汪汪;许凌霆当时很喜欢她,更多是疼惜吧,出于强大者对弱小者的疼惜。交往两年,大学毕业时,那个看似软弱的女孩子却坚强地和他说了再见,飞快地嫁入了某个富商之家。许凌霆当时是很有些沉重受伤的,也即刻签约了 S 城这家公司,飞来 S 城。一飞之后,竟是 7 年未返。如今释然终是释然,可是,当年的情绪终不会再有了。许凌霆在多年以后已经不再想起她,但有时也会想到这个女生是自己一辈子唯一的特别了吧。很重要的一点就是,许凌霆可以非常肯定,在自己娶妻子之前,这个女孩子,是自己长这样大,为之花钱最多的一个。说起来很好笑,许凌霆有记账的习惯,这个习惯从高中就养成了,到现在一直保持着。他为那个女孩子花了多少钱,完全是有账可循的。

　许凌霆很难喜欢什么人,7 年里头唯一一次交往了一个女子,是某贸易公司的海外部门开发代表,两人交往了陆续有一年,交往方式完全是 AA 制;后来那个女子被派出去欧洲做某个项目了,两人便不了了之。

　许凌霆就再也没有什么女朋友。他养猫。有人说,喜欢猫的男人喜欢女人。他也无法解释自己养猫的原因,好像忽然就想养

了,然后就成了习惯没有停止过。虽然因此每月的账单上要多一笔开支,许凌霆还是乐意接受的。许凌霆养过很多只猫,是因为他的猫经常性莫名消失,他就得不断再去和朋友要猫,或者再买猫。小猫比较难养的,刚买回或带回的小猫就会躲到一些隐蔽、安静的角落里大小便,比如沙发下、书橱下,这些地方则常不易清扫到,致使整个房间弥漫一股难闻的臭味。他必须在小猫养成这种习惯前教会它在固定的地方大小便。他的生活就在教养猫咪、丢失猫咪之间不断循环。不过好在每只猫咪都还是曾给他带来短暂的快乐的,那些柔媚乖巧的小家伙在他身体上的磨蹭常常让他不禁笑出来。

不过只是从没有一只猫咪能长久陪伴他过,它们总会在某一天,忽然消失。最合心的猫咪也没有出现,因为还没有哪只猫咪丢失了后会让他觉得不可替代。

未曾等到的猫咪就像未曾等到的女人一样,让他心有不甘却也无奈。

遇　见

两个人认识的理由很简单,在网上。

童晓笑的某学生家长有门路,帮她免费开通了 ADSL,并且每

月只要交很少的包月费。童晓笑的 LG 微笑窗就开始长期挂网了。

许凌霆工作时间是完全挂网的。下班后,回来因为也是包月的,所以也是长期挂着。在网上可以获得很多的免费资源,这是许凌霆很满意的地方。

童晓笑在网络上的性格比较像个男孩子,所关心的也都是大事件,这一点有点怪。于是,在某严肃报刊的论坛,他们遇见了。

童晓笑的"童猫猫"的 ID 在一群严肃的 ID 中尤其突出。许凌霆觉得她逗,就找她,两人在一旁的私人聊天室就聊上了。

是童晓笑先喜欢上许凌霆的。她也觉得奇怪,自己以前也不是那么容易喜欢上人的。前两届男友都是死缠烂打追到她的。可是,那天,许凌霆的照片发过来,她一打开看时,为什么心就兀地怦怦不已呢。他站在 S 城苍蓝的天幕下,城市高楼的背景里,白衬衣、黑西裤衬托得他尤其玉树临风,相貌俊朗,笑容睿智。

没有结局的过程

爱一个人,从关怀开始。

童晓笑喜欢许凌霆。童晓笑美目盼兮,巧笑倩兮。许凌霆高大英俊,风流倜傥。两人若站在一起,俨然一对璧人。

可偏偏是不来电的一对璧人。

童晓笑照片也发去给许凌霆了。他偏生有点冒火,按说她也是一秀气小美女,可他看得不顺眼,主要是她眉目之间与他当年那个爱眼泪汪汪的小女朋友有几分神似。于是他对她就莫名有几分怨气。许凌霆是个有点天真气的人,睚眦必报,这点就是明证,小孩子般的任性。

童晓笑偏偏不知道,对他关怀有加,句句话透着情意,恁个傻子也看得出;许凌霆偏就冷冷淡淡不回应。童晓笑是个好性情的人,她有她的天真气,只以为许凌霆是个情商低的人,好汤得要细细炖,此事须当慢慢来。只可惜这碗爱情的甜汤,他们注定是没有份喝得的。

她问他的饮食起居,生活琐屑,恨不得知道他的一切。哪天晚上看不到他在网上就若有所失,惶惶不安。第二天必然追问他前日的去踪。他不在线上的假日,她在下次见他后也必细细询问。他慢慢竟觉得她烦,有时就隐身上线,看她一个人,孤零零地亮着。

认识许凌霆后,童晓笑生活少了点笑了。生活更封闭了。一下班,简单饭食后就扑向电脑,可是她的微笑窗却很少给她带来微笑。

慢慢,她也知晓了。许凌霆是不喜欢自己的。可是,她是好

性情的人,她想,你不喜欢我,我喜欢你就是了。我愿意。想想,就觉得自己好像想通了。竟然兀自开心起来,拣回了些已经丢失很久的开心,踮着脚尖在平滑的木地板上练习起了天鹅湖。姿态优游,她还是那么美好的女子啊。

喜欢一个人,独自喜欢一个人,真的辛苦。以童晓笑这样的好性格竟然也坚持下去了。早安,晚安,少有回应但必然发去。许凌霆一般是随性的,高兴就回她几句,不高兴就不搭理。

时间久了。零零碎碎里,童晓笑对许凌霆多了不少了解。她知道他是个生活简单,甚至对自己不免苛刻吝啬的人。想想与他大气的外表很不相符呢。但她却并不因此对他少了喜欢,倒是尤其心疼他了。

她陆续地给他寄生活物品。小而贴心。飞利浦的三转头剃须刀,内联升的手工布鞋,宜家精巧的小家具、家居装饰。知道他不会爱自己,就帮他爱自己。她想用心让他的生活变化得柔软、舒适、贴心。像她的生活理想。

他某日消息说床垫坏了,懒得换了,先应付着。她却比他先心急如焚。不惜联系了同在 S 城工作的前男友,让他帮自己定购了床垫,让工人送货上门到他家。他签收了。回头电脑上发消息给她,谢了她。

他觉得这个女孩子有点怪。不过也不觉得有什么拒绝的理由。有人对自己好的感觉也不错。况且，是你情我愿。

有时觉得有点愧对她，发消息给她，你喜欢什么，我送你。她就发个大笑脸。什么也不说。他觉得她到底小，单纯到有点傻。也不觉得钱来得不容易。

他依然记账。慢慢就发现，她真为他花了不少钱了。他有时停下来想想，有时太忙，也管不了。

周末他喜欢登S城的那些小山，有益身心。站到山顶，他觉得自己身体状态还是不错的，不过和二十多岁时候大不可比了，也许该考虑结婚了，生个孩子。

可是，忙起来，这些念头也不知道在哪儿了。在S城，他常常觉得自己还年轻，年轻有为，没有必要那么早添负担。

日子就这样过去。他习惯了。她也习惯了。

可是，变化常常就在平常中到来。我们常常觉得理所当然的事情，却常常会忽然变化。人生就因为这些变化而神秘，而有滋味，百转千回，并不是某出戏剧可以摹拟。

那天，童晓笑等到7点多他上线，照例问他，下班后做什么了。他说，在外面吃了个饭，然后去附近超市逛了。然后，他说得有些兴奋："附近超市停业大减价，所有商品贱卖。"然后懊恼："我去晚了。很多好东西没有了"。

童晓笑一开始还是蛮开心,被他感染的,就说:"不要买那么多不需要的东西啊。当心过期啊。"

他说:"我买了很多拖鞋回来,太便宜了。呵呵,拖鞋又不会过期。"

但是,听到他说买了很多拖鞋回来时候,听到他说拖鞋又不会过期的这句话时,她心里不晓得为什么,一凉;然后,两串泪就滑了出来,滚滚而落,不可抑制。她觉得,好心疼他,可是,又有那么一点,好气他。这种交织的复杂情绪,让她这样,不可抑制地对着电脑哭了好久好久。

或者,是一种,一直被她保护得很好的东西,忽然被捅破了;或者,是压在骆驼身上的最后一根稻草,让它倒下了。她对他的爱的承受,到了某个极限,忽然,全盘崩塌了。

爱,好复杂;不爱,有时,却好简单。

第二天,她就清理并删除了许凌霆的所有联系方式。她让自己再也没有可能找到他。其实,若真不想找了,不需要任何措施也不至于再遇到了。

她开始用心地、重新用心地过自己的生活。

她过得很开心,没有阴影。

她参加了几次同学聚会,在 KTV 迷离的灯光里和大学时候的好朋友嘻嘻哈哈唱歌。她们都还是这个城市里最受宠爱的那群女孩子，容姿秀美，受过良好的高等教育，性格温和，家世清白；那群人里，就有很优秀的男孩子开始追她。她很快就有了新男朋友。

很快她就把自己嫁掉了。既然有很好的选择，为什么不嫁？青春的韶光经不起几多蹉跎。我要人见证我最美丽的时光，我要爱护航我最璀璨的青春。

她始终是个好性情的人，常常有甜美的微笑，常常兀自一个人开心或者逗得老公很开心。她不觉得许凌霆曾对自己有什么影响。唯一有的，大概就是，她保留了个很奇怪的习惯，就是她买拖鞋的时候非常挑剔，她总想买更好的，更舒适的，更柔软贴心的。

老公只是宠她，由她。

拖鞋会过期的，就像，我对你的爱也会过期；若你把我的爱，看作拖鞋那样的分量，原谅我的爱会过期。

若还有机会对许凌霆说一句话，童晓笑想对他说：给自己找一双好拖鞋吧，不会过期的拖鞋。

许阿姨的窗口

　　许阿姨有套房,老式楼房的两室一厅,在一楼,所以还附带了小院子。

　　许阿姨的这套房子来之不易,分房的时候,爱人恰巧刚刚去世。她忍着悲痛,坐在领导办公室三个中午声泪俱下,终于才要到这套本来应该分给双职工的房子。在这套房子里,她独自拉扯大了一双儿女。儿女大了,各自成家,搬离了这套房子。她老了,房子也老了。

　　许阿姨所在的 N 城这几年人口以惊人的速度暴涨;许阿姨这套位于市中心的大学旁边的房就显得格外矜贵。许阿姨有福了。于是,她自己住一间。另一间出租。许阿姨从不找中介公司,她知道中介公司会狠狠要笔费用。她一个人在房子旁的 N

大散步,问问学生要不要租房,这样找到了她的第一个房客。后来,她每个房客要走的时候,她就拜托他们在网上发布消息出租房,这样下一个房客,很快就出现了。

她总请人家这样发布消息,你就说是 N 大退休教师的房子。许阿姨确实也算 N 大退休教职工,只不过不是退休教师。她退休前在 N 大食堂干了半辈子,她那寿短的爱人去世前也是 N 大食堂的大师傅。

当年,他们一个做菜,一个打饭,情意就在热气腾腾的厨房灶间酝酿了。

他结婚前没有和她说过他有肝病,后来婚后十年就犯了病,走了。留下她,一人苦了大半辈子。她不怪他,每次有新房客过来,她总爱拿他和她的老照片给人家看,人家自然免不了地赞:许阿姨,你爱人真帅。然后,顿顿,违心地道:你年轻时候也很漂亮。

许阿姨心里明镜似的,她清楚不过自己当年确实只是个傻乎乎的胖丫头,而他,是真的漂亮的人物,又兼有那个年代少有的修长身材,总让人猜疑他是个戏子而不是个厨子;她总觉得,自己遇到他,嫁给他,算是自己的福分。

许阿姨今年有六十了,她有了一双外孙女和孙子。按说该喊成许奶奶了,可是她爱人家喊她许阿姨。她老了,反而比年轻时候漂亮了,雪白的皮肤让她像个知识分子老人,这是多年食堂蒸气的疗效。她的富态在老年妇女中显得就很平常了。总归,她不难看,甚至成了一个蛮好看的老太太。

在租房的问题上,许阿姨也明镜似的。她来之不易的房,看得跟宝贝似的,决不让房客糟蹋,也决不让房客把便宜占去了。她的一笔笔租房的钱她悄悄补贴给下岗在帮人家洗车打工的儿子,这个她不敢告诉女儿,否则,每年女儿给她的体己钱就危险了。

女儿像她爸,自小聪明、漂亮,长大读书也好,不费吹灰之力后来有了份好工作,嫁了个好人家。现在,女婿有房有车,女儿在 N 大做教务工作,工作又清闲又有面子。

儿子则像她,不漂亮,脑袋还有点钝,虽然她自他小当心肝儿似的疼爱着,在他身上没有少花心血,但是他却是一路磕磕碰碰,从工作到结婚,没让她省过心。

女儿自小不爱搭理儿子,许阿姨也不敢表现得过多袒护儿子,也就随她去了。她知道女儿从小心性高,她好像天生的富贵人家的命,只不投生过到许阿姨的家短住一刻。

许阿姨老了,心却一点不敢老,该算计的都要算计,为了儿子。

暑假,女儿女婿一家去灵山拜佛,这是他们每年的功课。每年,女儿总要喊许阿姨和他们一道去。说多拜拜佛能保佑老人家

身体康健。说实在,女儿对许阿姨,并不差。衣服从内衣内裤买到睡衣睡裤,知道她不穿到破烂了不舍得换。发的福利油糖水果之类从来直接从单位搬到许阿姨家。这天,女儿和女婿兴致都很高,一路谈笑风生,小外孙女一个人玩不太搭理许阿姨。许阿姨有点懵懵的。这是宁沪线上最好的列车,车厢整齐干净,乘务小姐的制服领口和袖口都是雪白的。乘客中有许多外籍人士。到了灵山,她才知道,这次女儿女婿有大动作,他们花了一万元人民币在灵山请了座小佛;她心下十分心疼,多嘴了两句,看女儿脸色不好,也就不多说了。

回到 N 城,她在床上辗转反侧,那一大笔钱要是给儿子,得让他日子宽松多少啊。现在有钱的是真的舍得花钱。她想想,那么好的火车,真不知道儿子这辈子还会不会有机会坐,想想,心疼儿子,算计着,房租得涨;碰上有钱点的,哪在乎多个百把块。

王远在网上看到了许阿姨的租房广告后大喜:离学校步行5分钟,两室一厅的一间房间,有床,简单家具;热水器,卫生间,厨房共用,房主住另一间房,是 N 大退休的女性教师;房租 300 元。

王远立刻拨电话给小末:"我看到你一定满意的房子了。"小末在公交车上,听不清,大声说什么什么。王远兴奋嚷道:"没什么!"

　　王远立刻联系了许阿姨,就即刻过去看房子。在王远看来,对方是个很爱干净的老太太,虽然房子、家具、卫生间都破旧了些,但是靠学校近,房租也相对便宜,还是很适合小末租的。老太太很热情,看起来也蛮好说话。王远不厌其烦地陪许阿姨说了一下午话,心想,哄好老太太,以后小末过来也好过些。

　　小末晚上10点才回电话过来。她中午坐车去某餐厅,做下午班和晚班的啤酒促销小姐。脱掉了白色紧身皮质的短衣短裙,洗了个澡,她才缓过点精神来,打电话给王远。

　　"什么事情啊?中午不知道我坐车去上班啊?"她侧过头,肩膀和耳朵夹着电话,两只手不闲着地往指甲上涂去指甲油的药水。小末是绝对精细的人,最厌恶剥落的指甲油,她必定每个晚上,把指甲上的指甲油完全洗掉,直露出它白净的原样,第二天重新再均匀地抹一遍。

　　"我看到房子了!你一定满意!我差不多和房东说好了,你明天上午有空来看看,差不多就签下来吧!"

　　"多少钱啊?"

　　"300元一个月,便宜吧?就是房子老了点。"

　　"那个价钱还行。"

　　"钱要不我先替你垫吧?"

　　"不用了,我有钱。行,那明天再联系。累死了,挂啦。"

那边就即刻是电话的短促嘟嘟声了。

已经习以为常的王远不觉得是伤害，反觉得是小末的个性，至少，就只小末这么对他。

王远喜欢小末，对她的心完全可以说是天地日月可鉴的。

小末家贫，父母双双下岗，可小末像是捧打着长大的野蒲芹，极有韧性。大学四年，她干过各种工作，每天比学生会主席还忙，硬是把自己学费都挣了下来。大四的头上，小末手上宽松了些，又觉得住在外面工作方便，免得夜夜很晚回来每每被宿舍管理站阿姨虎视眈眈。就心生了租房的念头。她没有时间管这事，就把它扔给了日日黏在身后的王远。说，别的无所谓，一个要在市区，一个要便宜。

小末知道王远对自己好，就像许多男人对自己好一样，谁让她生得好，俏，娇，许多生在优裕家庭的女孩子在她面前也会因为她美貌的缘故自惭形秽地低下头来；她安然接受王远的许多馈赠，从学习用品如电脑到生活用品如牙膏，但是涉及到原则性的钱，她绝对不肯碰。现在帮人家端盘子的妈妈每每和她苦口婆心：拿人家的手短。她总是理直气壮，底气十足地说："妈，我没拿过人家钱。"

小末是有男朋友的，只不过知道的人不多，她和他说太多人知道会影响工作。两人感情极好，小末男友对小末，对这份感情都有着充分的信心。他也是穷人家的孩子，但长相好，心眼好，成绩好。小末说："大熊，我们是石头和石头的结合，彗星和彗星的碰撞。"

王远常常想，我成绩好，体育好，对小末好，她为什么一直若即若离？他想不通，不过他有韧性，他的耐心和身高成反比。小末不能接受王远有一点大概是由于他的身高，但更多的是，小末听腻了美女献身有钱人的故事，她不服气因为出身的缘故，她就需要在感情的选择上向一般等价物低头来出卖自己；她始终相信，自己有选择幸福的权利。她要干净的爱情，像她蓟水般洁净的眸子；她觉得，只有大熊，才配得上她如斯美好的身心。

虽然小末对墙壁剥落的石灰，浴缸剥落的漆皮不太满意，但是，小末对这个地段能出现这样的房价是十分满意的。看了后，就差不多决定要了。

只是老太太热情到可以让人狐疑。她竭力地说："我这儿又安静又干净，我一个老人家白天都不在家的，就回来吃个中饭，你就当自己家。"她努力展示一切家当，说："你都可以用，没有关系"。尤其是那个崭新的微波炉。像破旧的厨房里的一枚勋章。那是前一段时间女儿摸奖摸到的，家里有用不着就顺手给了许阿姨。许阿姨不敢给儿子，怕女儿某天看不到问起，就只好自己十分惆怅地用起来了。

小末是狐疑的,她以贫寒人家女儿的智慧觉得这不像一般小市民的习惯。她觉得许阿姨白晃晃的灿烂的笑容后面真相难以琢磨。她敷衍地淡淡笑,却注意到一边的王远诚实地笑成了一朵花。只有王远那种多金多帮衬的少爷才会相信世界大同,天下美好。

王远其实还有个小小阴谋,王远的宿舍楼在学校宿舍区的最边上,紧挨着围墙,而他的宿舍又是最边上也就是最靠近围墙的一间。而小末将要住的许阿姨的家也是围墙外面的小区靠近围墙的一个单元。所以从王远的宿舍,可以看到小末将住的那个房间的窗口,虽然那个窗户是有悬挂拉线式的窗帘的,一拉下来就严实得紧。但是王远是心喜的,他心里感觉就好像小末住到了自己隔壁的意思,对于他这样思无邪的男孩子来说,每天只要看到那小小窗口的灯光便已经很满足。

小末和大熊说了找到房子了,大熊开心地抱起她在草地上旋转:"那以后我们也有窝了!"

"嗯,要更加努力工作供房子。"

"傻瓜,不要你一人辛苦,我也会帮你。"

很快就签合同了,小末先和许阿姨签了三个月的合同。付了三个月房钱 900 元和押金 500 元,共计 1400 元。

"明天就可以搬过来了。"许阿姨喜逐眉开。

出了门，已经是傍晚，小末蹲在路边玩草，瘦削的身形在暮色里愈显楚楚。"怎么了？"王远有些笨拙地蹲到她身边。任何奇怪的言行在小末身上都可以变化成一种自然优美，而王远在小末面前常常觉得自己像面对神仙姐姐一样惶恐。

"银根吃紧，没钱吃饭了。"小末幽幽地哀怨地说了一句。

这一句听得王远的心也碎了。"从明天起，一天三餐，都和我一起吃，好么？"

小末猛地站起身，"呵呵，逗你的啦，还当真，傻——"

话没有说完，她身体忽然开始倒下来。刚刚太得意，站起来太急，她完全忘记了自己的贫血。这时，眼前一黑，天旋地转。

王远稳稳当当把小末接在了臂弯里，她馨香的发丝拂过他的脸庞，他觉得，自己这一刻的甜蜜，是23年的生命里从没有品尝过的。

乔迁之前的一天是疯狂购物。许阿姨那个房间的简单家具是指一个古老的有铜片锁的衣橱和一个摇摇欲倒的书橱。小末的购物清单里包括：拼图地板、浅色墙纸、简易衣橱、木制小书橱、电话、电热壶、床上用品四件套、台灯、一套小型电脑桌，还有装饰品若干，日用品无数，王远不得不押借了超市的推车才能把这些东西分三次搬回了小末的新家；他幸福地买单，因为，和小末一道走回房子的感觉，真好像自己是和小末在一起布置共同的家，这

正是他的梦想。他汗流浃背地推着车,N城五月的阳光已经足够毒辣,一旁的小末开心地抱着她坚持要买的一个差不多和真人一样高的大毛绒熊,这只熊给他的账单上增加了250元大洋,差不多相当于一套床上用品或一整个房间的地板加墙纸的费用。可是他绝不会斥责她的浪费,只要她微笑,他心就醉了。

而一边的小末想着的是,男朋友大熊看到这个大熊一定很乐。

当天晚上,小末抱着软绵绵的大熊张牙舞爪地在软绵绵的床上睡得很香。而王远在不断地关注许阿姨家小末窗口的灯光,在等待它熄灭的过程里终于忍不住睡着了。

王远本来的设想很美。灯一灭,一定就是小末预备睡觉的时候,他这时立刻发一条"晚安"的消息给小末。多么贴心,多么浪漫。

可惜,那盏灯一直没有熄,因为小末忘记了。当然,小末记得,她在许阿姨家的水电账单是不用担心的了。因为在王远的恳求下,她答应让王远替她付了。交换条件是,她答应王远休息一段时间不打工,过段时间再找新工作。

她知道,其实王远是特别不喜欢她这份啤酒推销小姐的工作,特别不喜欢她这份裙子短得一蹲下来就可能走光的工作,特别不喜欢她这份经常被半醉男人调情挑衅的工作。

第二天清晨,小末被可怕的咣当声吵醒了。她睡眼惺忪,一头蓬发走出房间。许阿姨保持老人家良好的作息习惯,早洗漱早餐完毕,已经收拾停当,正预备出门找老朋友们闲度完上午时光,小末在后来才知道,这几乎就是许阿姨每天的生活。

小末说:"好吵呢。"

许阿姨道:"差不多该起来啦。"

"才8点,"小末嘀咕,"怎么那么吵?"

"哦,这个楼旁边是一家煤气公司,早上和中午上下煤气罐有点吵,别的时候都不吵的。"许阿姨不以为然地讲。

这时,小末仿佛看到许阿姨拿了只硕大的红色水笔,在懒觉和午觉这两个词上画了两个巨大的叉叉。然后,小末好像小学时候作业簿上被老师画叉叉一般,嘤嘤哭了。

小末要吃早饭,从冰箱拿了昨天买的冷冻馒头,放进微波炉,打好时间,就径自去卫生间刷牙洗脸了。许阿姨看了眼,没有作声,出门了。

中午小末没有出门,在房间看书;许阿姨回来了,小末听到了门的动静。然后的半小时里,是厨房的动静,末了,听到许阿姨慈祥的声音:"小末,吃疙瘩汤么?"

"不吃。谢谢阿姨。"小末道。一旦睡不好,她就头疼没有胃口,这是惯常的事情了。

"已经盛好了，吃一碗吧。"声音已经到了房门口。小末起身接过碗："谢谢阿姨。"

看上去绿糊糊一片，好像《侠客行》里传说中侠客岛上待客的八宝粥。小末好奇地尝了两口，虽然油很少，但正好符合小末清淡的口味，这大大诱发了她的食欲，她三两下就吃完了。

小末去洗碗，这时，许阿姨移步过来，依然是慈祥声音："小末啊，我有话和你说。"

"你说啊。"

"这个微波炉啊，你一般就最好别用了。万一用坏了说不清是不是，你是学生，也没有多少钱，这个很贵的，你说我让你赔好呢，还是不赔好呢。"

"没事，我以后不用了。"小末干脆地说，径自打开冰箱，拿出剩余的两袋冷冻食品，一股脑儿丢进了垃圾桶。

许阿姨好像噎着了般，一时无语，然后，脸色灰灰地回房了。房门关上了，门缝里传出"情深深雨朦朦"的主题曲。

小末忽然胃疼，激烈地抽搐，她痛得蹲下身来，抱着膝盖。她一生气胃就疼，十分灵验。

这时，门口有了响动，王远温柔的声音传进来，"许阿姨，是我，小王，开门吧。"

小末忍了痛起来开了门，见王远拎着两个硕大无朋的西瓜进门了。不知道的会以为他练习臂力。这时的西瓜是最昂贵的时候,这样的买法纯属烧钱行为。小末和大熊一般只会在食堂买上一片,你一口我一口地吃完,就已经凉彻心腑、心满意足了。

王远递一个瓜到小末手里,完全没有注意她的表情,就拎着另一个瓜去许阿姨房间了。他这时俨然把自己和小末当成一个小家庭,而自己是这个小家庭的男主人的角色,义不容辞地担上了家庭的公关任务了。

他在许阿姨的房间待了一刻钟之久。然后,来到小末房间,"怎样,住得好么。"

他的姿态像俗套连续剧里的煽情男主角,自我感觉极好,肯定以为自己刚刚完成了伟大的功业。小末冷眼看他,不作声。

再问,她简洁回答:"胃疼。"

他忙不迭去烧开水,并以旋风般的速度用被子把抱着腿坐在床上的小末裹了个严实。

"躺躺歇吧。"他温柔地道。

小末乖觉地躺下来。

小末很少有这样安静地和他独处的时候,小末很少有这样听他的话的时候,他感慨万千,心下颇有些金石为开的念想。

他看着她娇美如花的容貌,她额际细软的胎发,却不知道该有什么行动。他是一动也不敢动,就这样看着她,生怕是个梦,一

动就醒了。

第二天晚上,大熊来看小末,他是傍晚时分到的。带来了好些吃食,还有新鲜蔬菜和肉,他说:"小末,今天我做菜给你吃。好容易有地方可以大展身手了。"

小末笑着夺下围裙自己系上:"你打工累一天了。我来吧。"

小末在厨房利落地做饭,听到房间里大熊在玩 CS 的声音,嘴角翘翘地笑了。她麻利地择菜,打鸡蛋。小末做菜有很好的习惯,她一定先备菜,把预备做的菜择好,配好,一个个盘子放好。择菜的垃圾丢掉,切菜的工具全部洗干净收好;然后开始第二个步骤,炒菜;炒完菜,做完汤,她一定把菜锅、锅铲,调料的碗通通洗干净,灶台抹干净,甚至自来水池洗干净,才上菜,盛饭。所以她做完菜出厨房,厨房一定干干净净。这一点上,她特别不像一些穷人家的小孩。她太讲究,在家是要被妈妈扯着辫子骂的:"你这样要浪费多少水啊!吃完不还要再洗一遍,一起洗不行啊?"

许阿姨飘到厨房间看了几眼,似乎有点惊讶,讪讪道:"在做菜啊?你会做菜啊?"

一般人都认为女孩子做菜的能力和她们的容貌成反比。小末是个例外。

和大熊吃完饭,小末去洗碗,打发大熊去洗澡了,这边洗澡有热水,比在学校洗要舒服。

小末刚洗完碗,许阿姨又过来了。

"小末,你做的汤很好喝啊。谢谢啊。"

小末不作声。刚刚那碗汤是大熊傻乎乎端过去的。她没有同意也没有反对。

不过许阿姨脸色迅速一转,"有个事我还是要和你说的。我当时租的时候是以为你不烧饭的,要是知道你要用厨房我一定不租的,多少钱也不行!这样油烟那么大,家里很容易脏的,你看,我都是到外面去炒。"

的确,许阿姨从不在家里厨房炒菜。因为没有油烟机;她在外面院子搭了个小棚子,放了一个单灶煤气炒菜什么的。

小末挣扎了下,"我来看房子的时候,是你亲口和我说厨房我尽管用的。"小末一时气涌,想起前事,"这个微波炉你也亲口和我说尽管我用的。"

"我什么时候说过?我绝对不会说这个话的!"许阿姨白净如石灰般无血色的脸上一脸冷硬,与她屋子灰白的墙壁奇妙地一体化了。

小末冒了两个泡,终于沉没水中。"算了,没什么,我知道了,以后不用。"

她手一松,手中刚刚洗好的一叠碗,应声落地,支离破碎。

　　大熊正好洗完澡出来,他跑来,惊问:"怎么了。"

　　他看到小末的样子,却没有再做声。她蜷着身体,蹲在地上,蹲在一地的碎瓷片中间,他把她抱起来,送到床上。

　　他觉得她在自己怀里的时候,真好像一只猫咪,让他的心迅速柔软,温存似水。

　　大熊回来收拾了厨房,倒了杯热水,在书橱里拿了药瓶,取了药片,到小末床边。两人一直没有话。墙壁上的蛋糕形壁钟勤勤恳恳地走动着。

　　"不早了。我该回学校了。"

　　她缩在被子里,恹恹的模样。

　　"你能留下来么?"她问。

　　大熊进了被子,把她的头移枕到自己的左臂上,右手伸过去,关了台灯。

　　守候着小末窗口的王远看到灯灭了,立刻兴奋地发起了短消息,手激动到有些颤抖。可惜这个时候,大熊恰好按下了小末手机的关机键。

　　在黑暗里,大熊默默地想,却没有说出来那句话:"小末,我一定早些给你一个自己的家。"

　　小末,在他的臂弯里,呼吸均匀地睡着了。

　　第二天中午,王远照例来看小末。一堆零食放在桌上,然后他说:"我叫了三份外卖,马上就送过来了。"

"我预备搬回学校,不打算租房了。"小末淡淡说道。

"什么?"王远惊问。

"我预备明天就搬。可以帮我么?"

"可以可以。"王远忙不迭地说,"可是为什么要搬呢,才住了两三天啊?"

晶莹的泪水大滴大滴从小末的眼睛里滚落下来。王远的心也快碎了。鼻子酸酸地道:"不要哭,我都听你的,不喜欢,我们就搬。"

第二天,小末搬家了。许阿姨非常爽快地把该退的钱都退给了小末。她对小末倒没有什么,只是送别王远的时候,眼神里有诚恳的舍不得,即使知道是没有什么希望的,还是说了:"小王,有空常来玩啊!"

出了许阿姨家,小末像孙悟空解了紧箍咒,重新拣回了魂般,和王远贫嘴道:"你要是再老上个40岁,没准许阿姨会爱上你。"

王远只是傻笑,心里烦的是,搬出来一堆东西,暂放在老爸朋友的家里,回去怎么和老爸解释,别让老爸以为自己金屋藏娇了。老爸的朋友,所谓的李叔叔,在汽车里猛按喇叭催促里面搬快点,看到他们出来了,不怀好意地上上下下仔细打量着小末。

那笔退回来的钱,小末和大熊用了去楠溪江好好玩了趟,他们都觉得特别值。在江边农家借住的晚上,他们躺在还余有着干草香气的木地板上,细细商量毕业后的事情,商量着好好找份工作,早点结婚。好在,他们的学校都不差,而且两个人都有蛮多工作经验了。说着,笑着,两人就相拥而眠了。清冽的月光从木制窗棂外淌进来,洒在他们纯美如梦幻般的脸上。

王远终于知道小末有男朋友了,他打电话找小末,知道她在楠溪江玩,要跟去陪她,她说,不用过来了,我和男朋友一起。小末终于敢和更多人说起大熊了,她和自己说,以后不拿人家钱,也不要人家东西了。

让王远最终死心塌地的是,那天,在学校碰到在散步的许阿姨,她神秘地让他附耳过来,和他说:"你千万不要和小末那个女孩交往啊。她心眼活着呢。那天走的时候你们都在,我不好跟你说。你晓得啊。她在我那住的那几天,还留过男生和她一起住啊……"

王远颓然,折回宿舍,趴在床上,看着许阿姨家的那个小末待过的房间窗口,真的哭下来了,心道怪不得那晚关了灯,他越哭越伤心了。

再说许阿姨的房子,小末刚搬走第二天,这个屋子里就搬进来一对母子。儿子是 N 大大三的学生,准备考研。母亲是过来伺候考研的宝贝儿子的饮食起居的。母亲每天在厨房忙得油烟滚滚,这时都不禁用带着浓重方言的普通话和许阿姨抱怨:"许阿姨啊,怎么不装个油烟机啊?"

许阿姨一脸温存的笑容,菊花似的:"厨房地方太小,不好装啊。你辛苦着啦。养儿女,不容易啊!"

这个母亲觉得许阿姨这个老人真是不错,通情达理;儿子看书不理她的时候许阿姨就成了她在这个陌生城市惟一的谈伴了。

许阿姨对小末的苛刻不是没有道理的,她也不是对所有人都这样的。只是,小末的运气比较不好。

小末住进来第二天,这对母子就循着网上的电话找到了许阿姨。

"已经租给人家了啊? 可是我们急啊。小孩子要考研究生。我们就是想租靠近学校的房子,学习气氛好;而且你是老人家,小孩他爸放心。就麻烦你,租给我们吧。我们加租金。"

加了 50 元的时候许阿姨还有一点犹豫。毕竟王远这小孩还真是会讨老人欢心,已经许多年,没有小孩这样耐心地听她讲那么久的话了。让她总能在恍惚中甜蜜地回忆起儿子的小学时光,儿子那时,就那么傻,那么乖。他整个身子和心,都是她这个娘的。

　　加了一百的时候,许阿姨果断成交了。她答应会想办法尽快让现在住的房客搬走,毕竟好机会不是每天都来的。这多的100元够让儿子家每周多买好几次猪肉了。孙子还小,在长,也是要吃的时候啊。

玛格丽特

一、豌豆公主

被叶安然喊作叔叔的那个男人,是个头发在逐渐脱落稀疏,肚腩在逐渐波澜壮阔的但依旧高大洁净的男子。

叶安然很少想叔叔是怎样一个人,她想大概罗北也没有太多想过。她不认为想太多与现在生活无关的事情会有什么好处。她是典型的20世纪80年代后女子,属牛的,但是爱说自己属长颈鹿;笑起来牙齿会露很多,很白很整齐;不笑的时候像淑女,有淑女特有的温婉的眉和修长柔韧的脖子。

她也不会有勾着叔叔的脖子撒娇的那种时候,和叔叔相处有

10 年了,他连她的手都没有牵过——大概牵过,过马路的时候。

叔叔是她的什么人,她不知道。就像小时候不知道爸爸是什么人一样。很小时候她就开始和奶奶生活在一起,在一个不是家乡的江南城市,每天含着酸甜的山楂片去上幼儿园。大而黑的眼睛里常常有的是惊愕。

有次在家玩,奶奶出门了,让她锁好门,说什么人来也不许开门。她自己抱着玩具狗熊在屋子里玩得开心,听到门口有人在问门,一个男人的声音,好像在问奶奶在不在。她一声也不敢吭。抱了狗熊慢慢爬到衣柜里躲起来了。狗熊因为被洗了太多次而容易掉毛,那小毛毛让她很想打喷嚏,她只是努力地憋着,憋得好辛苦;过了好久,听到奶奶的声音喊她出来。她看到一个好黑好瘦好高的男人,奶奶说:"叫爸爸。"她一下子就哭起来了,哭得厉害而伤心。那年她 4 岁,那是她第一次看到爸爸。

后来,后来的事情很快。她上了小学,还没有再见过爸爸几次,就没有爸爸了。而妈妈似乎是从来没有存在过。

后来就有了叔叔。

在她的故事里,有这样一个版本。爸爸是一个在地铁兜售快速强力胶的不法小贩。他每天带着一个黑色的塞满强力胶的皮包,不断地乘坐地铁,然后向乘客们现场演示、兜售。

"各位,麻烦请看一下。今天我要向大家介绍一款很实用的产品:快速强力胶。大家在办公室和家里可能经常都会发现破碎的东西,带给大家很多困扰,但是有了这个快速强力胶问题就可以解决了。我给大家做个示范。"

爸爸拿出一根黑色胶带,"大家请看,这是一根很结实的胶带,我现在把它剪成两段。"爸爸用剪刀很麻利地把它剪开来了。

"然后,我往一段上滴一点快速强力胶,把另一段粘上去,压一下。好,大家现在看,又变成一段了。而且绝对不会断。你看,我用力扯,也不会断。"

"好,为了让那些怀疑的人也放心,我将用我 60 公斤的体重来尝试这根胶带。"爸爸把胶带穿过车扶手的圆圈,手握着胶带,开始腾空。

地铁的车厢这时好安静,紧张。

抱着狗熊的透明的叶安然也看得好紧张。

"砰!"爸爸重重地摔了下来。

爸爸颓然地走出地铁,他一个快速强力胶也没有卖出去。

颓然的爸爸走出地铁,在地铁通道里,看到许多五颜六色的肥皂泡,好漂亮;爸爸的目光顺着看去,就看到泡泡的来源,原来,这是一个卖能打出很多泡泡的玩具枪的男人。爸爸觉得原来卖玩具枪也比卖快速强力胶好。

爸爸坐在地铁通道冰冷的地面上,啃干面包当午饭,呛得直咳

嗽。卖能打出泡泡的玩具枪的男人递给他一瓶矿泉水。爸爸接了过来。还水的时候,爸爸认真地送了一管快速强力胶给那个男人。

后来,一次,爸爸在地铁上被警察叔叔赶了下来,慌忙逃跑之中,把黑皮包也落在地铁上了。爸爸一无所有地走在地铁通道中,眼泪不争气地落了下来。

这时候,卖能打出泡泡的玩具枪的男人出现了,他微笑着,递给爸爸一把玩具枪。

那个卖玩具枪的男人,就是叔叔。

爸爸和叔叔,在漫天飞舞的五颜六色的肥皂泡泡中,相视笑了。

而事实的真相始终语焉不详,被阻挡在层层迷雾背后,爸爸和叔叔的友情神秘而不可述说,这种友情坚韧到爸爸可以放心地把10岁的女儿交付给那个比女儿大15岁的年轻人手边。

爸爸完全消失的时候,叶安然10岁,眉目清秀;罗北25岁,刚刚开始工作。他把她送去了一所从小学到高中的住宿制学校,那所学校,白墙壁粉红屋顶,收费昂贵。

罗北告诉叶安然,她的爸爸去非洲大陆研究长颈鹿去了。这是个神奇的理由,并且一度成为叶安然对同学们神气的理由,只是后来,她不爱说了。

15岁的时候,叔叔对叶安然说,现在你快要发育成熟成一个大女孩子了,你的身体会有很多变化,你不要害怕,要懂得。叔叔说的时候很镇定,那次他探望叶安然带来的一大堆东西里面,有本生理书和许多卫生棉。

这就是叔叔和安然。

叶安然有神奇的修长的优美的脖子和漂亮的比例协调的长腿,这让形体老师一度蠢蠢欲动想培养她跳舞。不过一切徒劳无功。她对于音乐和节奏天生麻木,身体亦极缺乏平衡感,走路似乎都比别人更容易摔跤。她的脖子和腿似乎只是为了衬托她高贵的仪态而生长。17 岁时候的叶安然已经是个高挑柔美的女孩,眉目如洗,肤色瓷净;她的服饰妥帖而透着娇贵,带着自然流露的贵族气质。

虽然叶安然从来不觉得自己有高贵的命运。在那些爸爸不出现的日子,她在小城市的小巷子的暗淡平房里和奶奶一起生活。她有敏锐的耳朵,总能听到凌晨时候收马桶的伯伯的车子吱吱哑哑轧过小巷的青石板路的声音。她有着奇异的洁净的习惯,因此这个声音常常让她觉得欢喜。积累了隔夜的秽物的马桶在被伯伯搬上车,拖离门口后,她似乎觉得呼吸一下子轻松过来,甜畅起来。小时候,她穿的常常都是奶奶拿给她的堂姐的旧衣裳,她其实并不在乎。但是,她记忆里常常觉得伤心的是,她的毛巾一直是用得破得不能再破了才可以换。有一次,她在毛巾还没有

破的时候和奶奶说:"毛巾太硬了,不舒服。"奶奶立刻不开心了一天。奶奶也没有说什么,就是不和她说话。以后,安然再也不敢说那样的话了。

长大以后,叔叔是这样地安排照顾她的生活的,他为她准备三条洗澡的毛巾,分别是一条揩脸的毛巾,一条揩头发的毛巾,一条揩身体的毛巾。叔叔替她买的毛巾一定是像波浪一样柔软的,每次开学的时候,重新买好新的,帮她放好在包里。

叔叔在把她培养成一个豌豆公主一样的女孩。童话里头的王子想寻找一位真正的公主,一个暴风雨之夜,公主出现了,她浑身淋透,十分狼狈,但她叩开城堡的大门,说她是真正的公主。王子的母亲,聪明的王后想到一个试探的方法,她把20层鸭绒铺在床上,然后上面再铺上20层鹅毛被,而在这所有的被子的最下面,其实她早已经偷偷放下一颗豌豆。第二天早上,公主醒来,王后关切地问她:"你睡得怎样?"公主满面倦容:"哦,我睡得一点也不好,有个什么东西在被子下面,硌了我一夜。"王后高兴地肯定,她是真正的公主,只有真正的公主,才会有这样娇贵的身躯。

她从来不是公主。只是被伪装成了公主,背景像豌豆公主的真相一样扑朔迷离。

她从没有像一个女儿那样扑到过叔叔的怀里。

只是,她常常做那样的噩梦:噩梦里她和叔叔一起走着,忽然,叔叔不见了,她拼命地喊却喊不出声音,她拼命地奔跑寻找却怎么也看不见他。她常常这样大汗淋漓地被吓醒。她只清楚地知道,不可以没有叔叔。她的生命已经纠缠进去了他那里。她不知道没有了叔叔会怎样。

二、玛格丽特的等待

刚到那所寄宿学校,叶安然上五年级,刚刚好开英文课,英文老师给她取了个英文名:玛格丽特。

玛格丽特属于菊科,原产地是非洲西北部的加那利岛,花色是白色,它的花语是:预言恋爱。"喜欢、不喜欢、喜欢、不喜欢……"一面一片片摘下花瓣,一面紧张地期待结果出现,这就是花的恋爱占卜。和雏菊一样,这是许多纯真少女所喜爱的花。她会令人联想到一位身穿白色衬衫、粉红长裙,并披了一件和长裙同一颜色披肩的纯洁少女。而这位少女正专注地坐在窗前,手上拿着一枝玛格丽特,用心地做着花朵占卜。脚底下散满了白色的玛格丽特花瓣……"喜欢、不喜欢、喜欢、不喜欢……"最后一片花瓣是?"喜欢"。少女终于安心而愉快地吐了一口气。玛格丽特的花瓣,总是能让人对未来不可知的恋情充满幻想与期待。

叶安然还不知道恋爱的滋味。似乎从很早以前,她对于身边的男生就有种觉得他们只不过是一群小孩的思想,觉得他们从智慧上比自己低了好多层次,这是叶安然最不能容忍的。小学时候,每每看到那些男生们拖着鼻涕的模样,指甲盖里藏着的黑垢,叶安然就不禁投去同情的目光;初中时候,他们与青春痘苦苦作战,胡子微冒的脸让她哀怜;高中时候,他们变声期后粗犷的嗓音,如雄鸡般好斗的积极姿态让她冷笑。关于爱情,她是不可救药的旁观主义者。

年迈的奶奶终于不能照顾她以后,在放假的时候,叶安然会被送到据说是她的爸爸的姐姐的人的家里去生活,叶安然喊她姑姑,她是叶安然的亲戚中,除了奶奶之外的唯一实体存在。姑姑有个和叶安然形貌相似的女儿,也就是叶安然从小穿她穿过的旧的衣服的那位堂姐。她只是比叶安然看上去更圆润健康,肤色红润,神采飞扬。

姑姑生活在叶安然的故事里,爸爸乘地铁卖快速强力胶的那个城市。在那个城市,有着两室一厅的房子是姑姑莫大的骄傲了。在那过假期的时候,叶安然和堂姐共住一个屋子。堂姐叶小凤跟随她的母亲姓,因为这也是一个缺乏父亲的家庭。这两室一厅的房子,是离开的姑父留给姑姑和叶小凤的财产,还有一笔据说数额不小的赡养费。

叶小凤在上学的每个阶段都可以号称校花，男朋友更是不断；姑姑似乎不反感她这一行为方式，在姑姑眼里，叶小凤能找到个金龟婿已经成为她后半生的唯一期盼，希望有了这个金龟婿，她们母女能继续这种衣食无忧的生活。

叶安然读初中的时候，姑姑和表姐都知道叔叔的存在，而且一直保持着过分的关心，他们从叶安然那儿打听到叔叔刚刚升职，在那个沿海城市拿着相当可观的高薪。那年寒假，春节时候，叔叔照例来看叶安然。叔叔到的前几天，姑姑忽然非常热心地带叶安然和叶小凤去买衣服，她在淑女屋给她们两人买了同一款衣服，只是叶安然的是小号，叶小凤的是中号。穿上那样花边累织的衣服，繁复中天真优雅却流露出来，姑姑很有做女人的天分。当天晚上，叶安然洗完澡，姑姑说，我给你修下头发吧。这于叶安然也是头一次，她乌黑的长发总是肆无忌惮地长，只有叔叔看她时候会带她去修头发、做刘海。这时候的叶安然，额前的刘海已经很厚密且长了，整齐地盖过眉毛，衬着一张脸更精巧无辜的样子。姑姑说："刘海太长了，我帮你修一下吧。"叶安然迟疑了一下，说："姑姑，别修太短了。"她满满地答应"好"，然后，仔细打量了一下叶安然的脸和刘海，带着满满的预谋后的自信，利落地一剪刀下去了。

叶安然立刻感觉到的是额前的一片清凉，那是冷空气无阻挡

地袭来的感觉。她立刻跑到镜子前,她看到自己斜斜的一道刘海,最短的地方几乎没有了。她光洁的额头无辜地裸露在外面;少女时期没有发育完全,让她格外显得头很大,身体却极单薄,好像外星人 ET。她的泪水滚了下来。

见叔叔的那天,她就在街人偶尔投来的惊异目光里,和身旁自信十足美丽娇俏的叶小凤一起走在最繁华的淮海路。叔叔看到她,没有多说什么,照例地带她们俩去吃饭,点好餐后让她们在餐厅等着,说自己出去一会马上就回来。很快,叔叔回来了,拎着一个粉红纸袋,然后和她们一起开始吃饭,席间叔叔话很少,冷淡地应答着叶小凤过分的殷勤。

步出餐厅门时,叔叔从纸袋里取出顶白色的羊绒帽,替叶安然仔细戴上,帽檐恰好压到她的额上,阻挡了寒冷。

大学的时候,叶小凤终于有了个暴发户男友。据说他们的发家史就是在家乡的城市的郊区不断圈地造屋,直到把房地产做到了这个大都市。这是个多么可悲的城市,多少人,像蝼蚁一样辛苦忙碌,而十年,几十年,甚至也不能有个自己像样的家;鸽笼一样的地方,只要房产证上的名字是自己,就已经很庆幸了。叶小凤最开心的是和朋友开车兜风时候,指着某处正在兴建的高楼,对朋友大喊:看到了么,那是我男朋友家的!

这就是叶小凤的理想。很值得祝贺的是,她圆满实现了。

到大学的时候,叶安然觉得自己似乎应该恋爱了。为了给每次放假回去姑姑狐疑的目光与絮叨的话语一个停止符;也为了叔叔已经有女朋友了。他也说:安然,你应该交往男朋友了。哪怕有些经历也是好的。

叶安然的选择是学校的一个优等生。她惟一肯定的是,他的智慧,一定是超过她的。他有广博的知识,严密的逻辑,克制的性情,有礼的外表。她不肯定的是自己对他的感情,是否有关于爱。不过,这在她当时看来,是不重要的,她只是想要一个合适的男友。就这样。

他喜欢她。她逐渐在成熟的女人的智慧知道,她在他的睿智目光里看到迷恋与陶醉。他那只会滔滔不绝人生伦理、家园千秋的嘴唇,在夜晚迷离朦胧的月光下,向她光洁的脸庞、娇嫩的嘴唇寻求温柔和爱。他以伟岸的身躯帮她背书包,他把从容的仪表放置一旁,拎着豆浆和烧卖这些叶安然最喜欢的早餐逃课猫进叶安然的教室,推醒睡意朦胧的她,监督她吃完;他领着她参加一切可能的运动,不在乎她的体育白痴的细胞会影响他英伟的形象,只为了她的健康。

她在他全方位的呵护里,有时会歪着头说:"你好像叔叔。叔叔也是这么照顾我的。"她是那样聪明的女子,她知道,那些大男人主义的男人喜欢的永远是小女孩,她并不想在他面前卖弄智

慧,她只表现自己的天真单纯,她只加重他对于自身对她责任的认识,这种认识一旦确立,就确定了一个男人对于一个女人不可分割的关系。他曾经是多么从容游走于众多女孩子中的一个风流人物,但很快,他自动地心甘情愿地把自己的世界只缩小成了她的一个温房,没有风吹雨打,阳光曝晒,一切的温柔,温柔的一切。

但是,她离开他只是一瞬间的事情。这件事情充分暴露了她性格中某些坚硬冷酷的部分。这也是她成长为一个成年女子后做的第一件果决而任性甚至残酷的事情。若爱可以作为借口和理由。那么,可以说是为了爱。

她见到那个嘻哈风格的少年的第一眼就爱上他。若问什么是爱的明证,她觉到全身血液的一种燃烧。她十分清楚,自己与那个男孩完全不是一个世界的人,他喜欢 HIPHOP 和 RB,他喜欢泡吧蹦迪攀岩蹦极,他喜欢把花色的内裤露出在低腰低胯的牛仔外,他习惯叼着烟,但内裤上还是米老鼠的图案。

她苟同并迎合起了他的一切爱好。她开始把光滑的长发烫成蓬蓬头,好在,与她精致的小脸相得益彰;她穿颜色艳丽夺目的卡通图案紧身短恤与校园风格的百褶短裙,好在,她修长的身材并不辜负和背叛她。她只是以美丽吸引他的第一眼。

他和她说一些她用智慧可以轻松判断得出是轻浮的庸俗的

肤浅的话,她没有过滤地让耳朵和心灵全盘接受。她已经选择了接受这个男人,从心灵到身体。

他们认识了一周后,就把光洁的身体纠缠在了宾馆雪白而冰冷的床单上。她觉得疼痛和酸楚,但同时也觉得一种莫大的解脱,她相信自己完成了自己的最后成长。这一切伴着她的滚滚泪水。

他睡得香甜,她的手缓缓抚过他的脸,在黑暗中去触摸他的轮廓。他似乎有些感觉,因为睡眠的被打扰下意识地不耐烦地扭过脸。她睁大了眼睛只看着黑暗中的天花板,窗外偶有车过,闪过一片光。

她感觉到,那些似乎是期待已久但永远不可到达的、强大的潮水一样汹涌和不可抑制的爱。她早已经注定,只能把真正的爱情以一种方式表达给一个人。这是她在这一夜终于明了的事情。

那日,她的优等生前男友狂暴地把她横背上肩,押上学校教学楼顶楼。他几乎歇斯底里,他只是要问个为什么。为什么她要做这样的选择。她始终不肯说,只说对不起,也不哭,态度清醒决绝到让他疯狂。他把她的身体压到楼的边缘的栏杆,她的头颈已经在空中,身体显现出几乎要坠落的姿态。他温热的泪水,大滴地滴落到她的胸前,流淌到她修长的脖颈上。

那一刻,其实,她真的希望他推落她下去。20层楼上的坠落,该是怎样的感觉。她已经感觉到风在耳朵边冰凉滑翔,她不害怕,甚至像做好准备去享受一般,阖上了双目,嘴角微微上扬;微阴的天气,没有阳光,浮云仿佛可以在她苍白的脸上留下倒影。

她就在他的手臂中,不真实地存在着。

他终于把她的身体拖了回来,重重摔在水泥裸露的楼顶。

那个嘻哈风格的男孩,有一张和叔叔太像的脸。这就是全部的理由和答案。

叶安然写信给罗北,这样说:"叔叔,我有男朋友了。很巧的是,他和叔叔有点像。"她没有多话。叔叔说:"你们好好相处。"

三、王子和公主幸福在一起

这年夏天,罗北请了假,从深圳飞去榕城。他在酒店订好房间后,在榕城法国梧桐夹道的道路上散了会步,就去安然的学校找她了。她从教学楼几乎是奔跑出来。看到她的装扮他也没有惊异,白色小可爱加黄色热裤,是他对她的教育里决然没有的。但他没有对她生气,他对她的态度,似乎10年就没有变化过,不会生气,不会发火,不会太亲昵。

晚上，他带她去吃晚饭，在22层的旋转餐厅，柔和的音乐若有若无地流淌。透明的屋顶外是深蓝的天幕。他和她说："安然，叔叔预备结婚了。但是觉得，先要和你说一下。"

叶安然抬头看着罗北，目光很澄净，似乎为这个时刻准备好很久一样从容平静。

"我以后还会像以前一样照顾你，直到你出嫁了。这些都不会因为我的结婚而改变。"

"恭喜叔叔。"

不失去一个人的方法就是永远不要拥有，你没有拥有过，也就不会失去了。叶安然之于罗北就是这样的。她的生活不能没有他，她不希望让他不喜欢，在感情上，她所能做的只是跟随他的节拍而绝不超越。

这样，叔叔就永远不会离开。叔叔永远是叔叔，对于叶安然，这是最安全的保有他的方式。

"叔叔，你老的时候，让我来照顾你吧。"

看着他回身离去的背影，安然好想扑上去抱一抱他，但这一点勇气，她也是没有的。她只是看着他走而已，像以往的很多次一样。

女巫有一种创造恋爱的方式。她有一把神奇剪刀，要在正午时候的太阳下，用这把剪刀，剪下你爱的那个人的影子，然后，在

月夜,剪下清冷月光下你自己的影子,最后,把这两个影子粘在一起,你们就会永远相爱,永远不分开了。

安然有那种粘影子的胶水,那就是故事里爸爸在地铁上兜售的快速强力胶,可是,安然没有那种剪影子的魔法剪刀,安然很焦虑。女巫嘎嘎笑得很得意,她黑瘦的手伸向安然,十指上锐利的长指甲闪着诡异的光芒,她的手带着渴求伸向安然:"你把你的灵魂给我,我就给你那把剪刀。"安然惶恐,眼神里是童年时候常常有的惊愕。"我知道你很爱他,只要有了这把剪刀,你就可以拥有他了;没有灵魂,并不影响你的生活。"女巫的语气充满了诱惑。安然毅然点点头。女巫得意地把魔棒指向安然,开始取出她的灵魂。可是魔棒在安然头顶上徒劳地旋转,却带不出任何东西。女巫惊愕了:"原来你是没有灵魂的人。"

安然带了点孩童的笑:"我的灵魂早已经不属于我了。"

当年,那个蹲在她面前,替她戴好羊绒帽的男子,早已经收获了她的灵魂;当年,那个抱着她离开奶奶家的小巷子,带她走向她的未来人生的男子,早已经收获了她的灵魂;当年,那个因为一个托付照顾她10年的男子,早已经收获了她的灵魂。

她已经没有交换的方式可以去爱他了。当灵魂完全附庸一个人的身上,这种不公平性一旦存在后,爱就不可能有了,因为爱首先是发生在平等意义的双方身上的。

叔叔是夏天结婚的。叶安然恰好放暑假。这个暑假有点特别，叶安然没有在姑姑家过，叶安然也没有去叔叔那里观摩婚礼，叶安然来到一个新的家庭。

叶安然的故事版本里，爸爸在临走之前，把一滴快速强力胶滴在10岁的叶安然娇嫩的额头上。长着透明翅膀的小精灵们在她身边飞舞，她们都在说："这滴胶水将具有巨大的魔力，它会黏合任何投视这个孩子身上的目光。所有看到她的人，都将心爱她。"

叶安然的嘻哈风格男友带她回家。嘻哈的妈妈爸爸都非常喜欢她，看她的目光像看自己的孩子。褐色绸缎的雅典风格剪裁的连身裙，最容易衬托出贵族气质。这样装扮的叶安然，理所当然地迎接宠爱；好男人都是女人调教出来的，若叶安然可以把嘻哈派的传人改造得肯穿白色衬衣和修身长裤了，大概也没有什么不可能发生了。叶安然细细看着这样打扮的男友，愈看出叔叔年轻时候的样子。就是这个样子的，叔叔在夕阳的余晖里，来到小巷子的奶奶的屋子门前，温和地问道："叶安然在么？"

美丽的晚霞挂在天边，衬着一轮嫣红的夕阳，昏鸦在慌张地飞着回家。他背着光站，看不清楚脸，只觉出他的高大。

她抱着她的狗熊，躲在窗后，偷偷看他。

这是第一次，有个成年人，这样直接地问她的名字。

　　她居然,不太害怕地靠到门前,打开了门,站在他的面前。

　　那个形容瘦弱,乌黑眼睛的女孩子,无声无息地打动了他的心的某个部分。

　　罗北是在火车上邂逅那个消瘦的中年男人的,他皮肤很黑笑起来牙齿却白而整齐。他和他同一排座,车上,那个男人和他搭起话,问他去哪,他说苏州;那是个不太会说话的男人,他说起:"我有一个女儿,10岁了,很漂亮。"说到这时,他无神的眼睛里面焕发出光彩。他说:"能不能帮我一个忙。我的女儿也在苏州,帮我带包东西给她。还有封信,请你帮我读给她听。"

　　罗北走在陈年的青石板路上,穿过许多狭窄光线暗淡的小巷子,终于找到那个小巷的那间简陋的房屋;在那个小女孩面前打开那封信,雪白的纸上,只有一句话:"如果有可能,帮我照顾这个孩子,好么?"

　　小女孩打开那个她父亲让他带给她的包,里面什么也没有。做父亲给女儿的最后礼物就是这个男人。

　　罗北终于没有能说出预备的拒绝的话语。这只是一个陌生人的几乎是莫名其妙的托付。他后来依嘱而行了十年,却给不出原因和理由。

　　叶安然的故事版本里,父亲的包里有一顶璀璨的公主王冠。

她带上它,恰到好处。父亲的信里,这样写道:"有一天王子会到来,他会骑着白色的骏马,穿着戎装,气宇轩昂,从铺满金色落叶的悬铃木大道那头英俊不凡地到来。"

猫咪森林

那天,下午下了课,黎小重觉得疲惫,脚步软软地回宿舍。春天的阳光很好,映照在她脸上有种透明的苍白。刚回到宿舍,放下书包,手机响起来,她看到是民敏发来的消息,问她在不在宿舍,然后,她懒懒回了个"在",5分钟后,宿舍的门上响起了敲门声。

民敏原本是黎小重一个朋友的同学,后来在一个场合认识了,发现两个人在一个学校;民敏对小重有特别的热情,两个人很快也就熟络了。

民敏进屋子时候,小重的目光不禁跟了她一圈,她这天穿了白色毛衣,但下面的深蓝色镶边的裙子,俨然就是高中制服的裙子,她连连追问:"这个裙子……""是啊,"穿着白袜黑色圆头皮

鞋的民敏会意点头道，"这个是高中时候的校服，我就再利用了。"黎小重看了又看，私心里，黎小重是很爱那种裙子的，但进了大学后，她就再也没有好意思穿过了。

高中的时间就像校服的裙摆，就像清爽的齐耳短发，就像许多少女时候的心思一样，一去不复返了。

闲说了两句，黎小重说："我们出去吃饭吧。"

走在路上，民敏更是紧紧勾着黎小重的手臂，小重笑问："你干嘛呀？"民敏道："已经好久没有见到你了。你不知道，我天天是满目疮痍啊，难得捉到美女怎么能不高兴。"小重笑到："越来越油嘴滑舌了。"小重心下也知道，民敏对她的目光里总有着对她认真的欣赏态度，那种女性间的客观的爱慕是很容易让人升起自信与骄傲的。

小重从来没有想到过这样的事情会落在自己头上。在她的中学时代，她早已习惯做不起眼的灰姑娘角色。她从来不知道，光鲜的容颜总有一天会属于她，让她昂起她一直低眉顺目的脸庞。

走到校外街上，立刻人声鼎沸，热闹起来。她们依然边走边聊，这时候，一个人进入小重视线，她的目光就再没有转开过。她看着那人良久，那人也看她。

然后她过来和小重打招呼了。"姐姐。"小重喊到，"你烫头

发了。你瘦了。"这是她最初说的两句话。"有三年没有见了。姐姐。方童她好么?""她在医科学校读书,都蛮好的。你在这边读吧。""是啊,把你和她的手机号码给我吧。一直找不到她。"

方童曾经是一个梦想。也许每个女生都曾梦想可以有她那样的少女时代——被称为校花,被无数的男生默默爱慕。方童也曾是黎小重的梦想,虽然她们曾经是那么亲密无间的好朋友,可是,她们之间的距离,却像现实和梦想之间那样的远。

黎小重现在还存有的一张有方童的照片,是初中时候,春游,四五个女生一起合影的照片,照片里有她,有方童。当若干女孩子还保留着儿童时代的习惯穿得姹紫嫣红的时候,方童穿的是一件深蓝色牛仔上衣,白色裤子,还有仿佛纤尘不染的蓝色跑鞋。她梳洁净的童花头,细碎的头发拂过她苍白到透明的脸蛋;她淡粉色娇嫩的嘴唇,她的眼睛,她的眼神,在若干年后的照片里依然那么宁静优美。

当年,黎小重因为成绩优秀是美丽的英语老师最宠爱的学生,可是,抱着作业簿子,和老师一起走过操场,走去办公室的时候,老师依然会目光扫过在操场上活动的学生们,然后,由衷地和黎小重说:"方童长得真的是好。"

那时候,黎小重的心里斗争着无数的小秘密。她发育得晚,

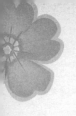

身材和脸蛋还是完全没有长开来的模样。她成绩优异，做事乖巧，老师们都喜欢她，且都当她是孩子，并不避讳她什么。可是相比较同龄的孩子而言，她有着太多的早熟。

有一天，班上有个女生忽然哭着跑去河边，教室到河边的路上有滴滴答答的血迹。几个高个子女孩子跟过去了，黎小重看到这个情形，做班长的她立刻预备去找班主任；一个女孩子拉住她，说："不可以找。"黎小重看看地上的血，坚决地说："不行，万一有危险怎么办，这么多血。"她飞快地跑去办公室，语无伦次地和班主任说，那种仿佛存在的巨大恐惧真实到眼睛里含着泪花，高大的、笑容温柔的班主任，摸摸她的头说："不要怕。你以后长大就懂了，没有事情的。"班主任后来让几个女生送那个女孩子回家了。黎小重的眼睛里始终闪烁着惊恐的目光，但是她心里对这个事件再清楚不过了，她只是不想给老师知道，她懂，她也已经是大女孩子了。

黎小重和方童是好朋友。大家都知道，她们的父母认识，她们的家靠近，她们在同一个班级。每天放学一起骑车回家。方童什么都好，只是成绩不好。方童很温柔，也喜欢做姐姐的模样，和黎小重说这说那。方童有个姐姐，叫方芳。方芳长了一张平庸无奇的脸，但方芳的成绩很好，所以方童和方芳的父母好像更偏爱方芳一些。黎小重常常会去方童家玩，她也喊方芳"姐姐"，她的小个子和孩童式的圆脸永远是一种保护色,会让人对她不设防,怜爱的情绪油然而生;方芳喜欢她,方芳不太喜欢自己的妹妹,她甚至会用对黎小重的好仿佛对方童做一些暗示。黎小重心知肚明并心安理得地享有那一切。她总觉得方童拥有太多,她无意的占有并不是一种过错。

她怎么能不计较。她始终记得初二学期结束的时候,她最喜欢的班主任老师开班会,成绩优秀和进步的学生都会有奖品。大家一个个陆续都在领,心花怒放的,兴高采烈的。后来,老师叫到方童的名字,也许大家都没有留意。方童步履轻快地去领了她的奖品。黎小重心里却重重地被撞击了一下,她在想,她为什么可以拿一份奖品,是什么原因。

那天,她照例和方童一起回家,她和方童说:"我爸爸妈妈今天回来晚,我去你家好么。"方童说:"好的啊。"

回到方童家,方童去厨房拿水,黎小重坐在方童的书桌前,她伶俐地打开那本作为奖品的精美的日记本,她看到扉页那行让她的心也碎了的话:愿你的世界永远美丽。

愿你的世界永远美丽。

为什么,美丽就可以获得奖励,而我的一切都是辛苦获得的。而且我的辛苦并不能增加我的美丽。

校运会,4×100米的接力上,黎小重第三棒,方童第四棒,另

一个班和黎小重他们班的第二棒几乎同时把接力棒交到了第三棒手上，黎小重竭力地跑，她几乎感到呼吸不过来，喉咙剧烈地疼痛，脚步有力而快捷地一步步落地，她终于把另一个班的第三棒甩开了距离，把接力棒最早交给了方童。方童，轻盈的身体，小鹿似的飞快跑了出去。刚刚还稀疏的加油声，忽然变得像潮水一样，整齐，澎湃，激动人心。累倒在草地上的黎小重，看到许多别的班级的人，本来在看别的项目的人，纷纷涌到跑道的周围，还有老师们的目光也在投过去，望远镜在被举起，所有的欢呼、荣耀、赞美，最后只属于那个最美丽的女孩子，目光都聚集在她如花的笑靥和修长白皙的腿上。

她倒在草地上，觉得心也碎了。

初三时候，黎小重收到平生第一封情书，那是隔壁班一个白皙秀气，爱穿背带裤的男生给她的。她恍惚，她淡淡的惆怅凝结在胸口，她路过隔壁班时候害羞到头也不敢抬。她终于把这件事情和最要好的方童说了。在方童家，在她的书桌前，温柔的日光灯下。方童脸上露出一些古怪的笑容，她说："不用担心，自然而然就好。"

后来，她很快就从别的女生的口耳相传里知道，那个男孩子，不过是给方童投过情书的若干男生中的一个。不晓得为什么，那天日光灯下温柔体贴的方童的笑容，在黎小重的记忆里就变成了一丝古怪的、略带嘲讽的笑容。后来,她再也没有和她说过任何有关爱情的事情。

方童似乎是有很多故事的,可是她谁也不说;和她熟悉到若黎小重也不知道,而且她看到方童的生活极其健康有规律,她一放学就回家,不出门,没有任何异样。

所以,后来,初三时候,成绩优秀的黎小重到了强化班,和方童逐渐疏远开来后,听到很多传闻她是惊讶的,不敢相信的。

她们传说她交往了好多男朋友,传说她被学校外面的小痞子流氓追求等等。不管黎小重心里的小小嫉妒是如何滋生萌芽,总没有遮天蔽日到阻挡了她纯真善良的天性,因此,她并不愿意也坚定地不相信。黎小重上完自习总是很晚了,父亲接她回家,路过方童家时,看到方童的窗户亮着的光,小重总会想一想,她现在在做什么。

那一年,黎小重成绩格外优秀,她拿到了几个全国物理和数学竞赛的奖,她拿到了市三好学生奖,她被当地最好的高中提前录取了。她英俊温柔的班主任送给她一套书做升学礼物,那年,他也结婚了,并且有了个男孩。

那一年,黎小重也终于迈出了女孩子发育的最重要一步,她虽然没有那个女同学那样一个尴尬的下午,但是,她的肚子足足疼了一天。她睡在床上,身体蜷缩成了最初在母亲腹中的样子。

那一年,方童考进了一所靠近家的普通高中。她带走了许多低年级男生的叹息声,在下面的女孩子中再也没有她那么出众的人物了。

高中的黎小重眉目清婉,虽然看似平平,但是眉眼的状态开始有了某种趋向。她总穿男生的 T 恤和宽大的衣服,越发显得身形的瘦削、利落。她剪齐耳的短发,整齐的刘海,衬着一张浅眉淡目的小脸。她发现脖子长了,不知道是不是剪短发的缘故;她脸上孩童式的红润开始褪去,显现出一种少女的苍白。

高中的方童怎样,黎小重一直没有消息。她的学校在市西,而家在市东。她每两周才回一次家,父母们在饭桌上和她絮叨的总是她的学习,她坐在房间的 + 书桌前温课,从窗户就能看到方童家的楼,可是,她一次也没有去过。

她和方芳是一个学校,可是却很少碰到方芳。碰到她的时候,她也总是很少谈到方童。方芳总是严谨地穿衣打扮,严谨地生活,在她的眼中,或者黎小重才是更理想的妹妹。她爱怜地抚摩她柔韧的脖子,像在抚摩一只猫咪。

黎小重在高中唯一的娱乐就是每两周回去看父亲帮她录好的国家地理的节目。她喜欢看关于动物的一切,*A WONDERFUL DOG* 之类。有一期节目是关于猫咪的,看到农场里,小猫咪们依偎到一起,不晓得为什么,她想起了方童。

猫咪们总是可以一起玩耍，却又各自独立；它们有最温存的互相抚慰式的磨蹭，但又会冷漠地在各自的墙头对视，各自高贵而冷淡地走过；它们也会因为某种激动，毛发俱张，摆出战斗的姿态。

而在人们的眼里，它们始终是温存可人的小玩意儿。你永远不知道今天晚上你的猫咪在做什么，你不知道它的温存背后是什么。

她们都在成长成猫咪一样的少女。或许所有的少女也都像猫咪一样在成长。在成长的孤单里，黎小重是想念方童的。

她只是没有预料到命运很快又把方童交还给了她。

高二暑假时候，有天她接到方童父亲的电话，是找她的父亲的。父亲去接电话了。黎小重在房间门前，边用小勺吃着冰凉的酸奶边用心在听。自从她和方童读高中后，她已很少去方童家玩，方童家人和她家人也都联系不太多，也许大人间有种微妙的张力，有关骄傲、面子诸类。

爸爸接完电话，和小重说了句："方童爸爸可能想帮她转学。想转去你们学校。"然后，他顿了顿，牢骚似的说了句："方童到哪事情都多。"爸爸不喜欢方童，爸爸比较喜欢方芳，从本质上，爸爸和方芳是一种人，严谨规矩，不事浮华。

小重回到书桌前，不知道是否因为吃了酸奶的缘故，让她心

里一阵阵燥热,她去冰箱拿了一大瓶冰镇的矿泉水,咕嘟咕嘟喝下半瓶,整个身体都彻凉了。她的心情忽然回到执拗的初中:"我不要她出现。"

这件事情没有再被提起,很快就被忘记了。毕竟转去那所重点中学并非易事,并不是有了庞大的财力就可以解决的。

开学时候,小重回学校比较晚。她去整理铺盖时候,正是晚饭时间,同宿舍的人都去食堂吃饭了,一个人也没有。地板和窗户因为刚刚清洁过,湿漉漉地散发着水气。她差不多收拾好的时候,听到她们回来的声音,聊着天的、饭盒和调羹碰击的声音。她挂好窗帘,回转头去,目光正迎上一个提着水瓶进门的人。她们都是惊愕的表情,定定地看着对方,那个女孩子正是方童。

方童果然转过来了,这要拜服于他父亲强大的关系网络。她就在黎小重的对床,这点并没有刻意,只能说天意。

方童比以前更加美丽了,她端庄的气质因为年纪的增长更加显出优雅从容,她的眸子顾盼生姿,笑容迷人,她比两年前更精致、饱满、光彩夺目。

方童在以前学校的一切只能说神秘。只是,她刚刚转来不久,黎小重就收到了她和方童共同的初中同学的一封信,那个男生,也在方童先前在的那所普通高中读书,他的那封信也很含蓄,不过寄托深厚。他请小重多多照顾方童,并说他相信方童的为人和一切,希望她能摆脱困扰,永远美丽。

今天我们说起来神秘莫测的,可能只是一个高中女孩子被太多高年级的学长追求、爱慕。只是,今天在我们看起来,小小的不足为奇的事情,在我们成长的时期,敏感多思的、对世事常常保持着小心而好奇的态度的少年时候,是多么容易对我们的生活产生重大的影响啊,我们不能不像被卷入一场旋涡一样卷入一种复杂的困惑。

说起来,我们只是因为生活得太投入,我们在后来的时间里,都没有那样投入的心情了,所以我们可以说成熟和洒脱了。可是,我们关于幸福和疼痛的感觉也越来越少了。我们,这是怎么了?

方童在七班,黎小重在八班,这两个班级的女生一起上音乐课和体育课。因为这所重点高中的女生实在太少,所以像这样的公共课就两个班级的女生并起来上,可以节约师资。

黎小重的记忆太容易被带回初中的时候,因为她和方童的关系很快回到了那个最初的时候,甚至更加贴心默契。她身体不好,每次跑完步,方童总是第一个过来搀扶她;她们一起跳绳,长长的绳子慢慢甩动,她们手拉手,一个接一个跳进去,相对欢娱地跳跃;她们一起去小超市买千层雪,你一勺我一勺地坐在学校草地上吃;音乐课,她们总是坐一张桌子,合唱的时候,她们总是能

清晰听到彼此的歌声，那熟悉的声音让她们心灵熨帖。那时候，她们一起唱过很多歌，《雪花》、《铃儿响丁当》、《白桦林》。

她们的高中校服是深蓝色的制服衣裙，方童很喜欢，她说她以前学校的校服是运动装，怎么穿都很傻的模样。黎小重就会说："没有啊，你穿运动服也很好看，你记得吗，初中时候，你穿红色的运动衣跑步，那次我们班跑了第一。"

几年后，黎小重喜欢窝在房间里看碟，最新的片子总是早早收罗来。她买的有部碟很特别，碟盒就是做成一个磁带盒的样子，让人很容易想起迷恋磁带的中学时候，打开的时候，尤其有期待感，那部片子叫《在世界中心呼喊爱》。她喜欢片子里面穿红色运动衫裤的亚纪，她和一起看碟的男朋友说："你知道么，她很像我的一个好朋友。"

穿着深蓝制服衣裙的黎小重和方童，俨然一对雪人儿。她们走过男生宿舍的时候，总会听到上面的口哨声，呼喊名字的声音，通常被喊的人是方童；小重不知道为什么，内心已经宁和很多，可以微笑了。

方童的情书还是那么多，她还是很神秘地不给人知道。她从不晚归，按时作息；小重知道她不是随便的人，尽管她们班的女生总是若即若离地疏远着她。所以，方童是有些若有若无地依恋着黎小重的。

高三的时候,总是太残酷。人心又太脆弱。所以当那天午休时候,一阵急促的敲门声后,教导主任过来带走了方童,黎小重的心里升起了巨大的不安。

后来知道,是一个男生因为一直给方童写情书没有回音的缘故,在宿舍喝酒,喝过量了,胃出血,被送去了医院。听说,那天在办公室,男生的父母用非常难听的词语骂了方童。

方童回来的时候,眼角有点红,但是表情依然很宁静的样子,她甚至和黎小重笑了笑。只是当天晚上,她和小重说:"今天我和你睡,好么?"

她小心地钻到小重的被子里,也没有和她聊太多话,两个人很快呼吸均匀地睡着了。方童是面着墙睡的,微微弓着身体,像婴孩一样。她的脚后跟偶尔碰到小重的腿,冰凉,触感柔滑,她是真正娇嫩的女孩子。

方童后来竟然和那个从医院归来的胃出血的男生恋爱了。许多人不懂,小重也不懂得。因为她后来,在一场舒婷的"我是你暴风骤雨里的鸢尾花"的诗歌中走向了自己的爱情,她和同班一个貌不惊人的男生走到绵密温柔的爱情里头去了。她一直坚信,那是她18岁那年发生的最好的事情。这场爱情的陷入,让她和方童逐渐疏远了。

小重闲暇的时间里,和那个男孩子用纸条写下大量缠绵的话

语,初恋的激情让她根本就无暇关照身边的一切。有时,睡前的方童似乎有些什么想和小重说的样子,但是小重根本迎不上她的眼神,她迷离的,时刻都在回味的眼神。

那个高三,是个多事之秋。

方童的恋爱原因,在别人的猜测里,有很多版本,有一个版本是:听说,是方童和她最好的朋友说的:她不想影响那个男生的学习,想陪他读完高三;同时,她恋爱了,也可以让别的很多人死心,好好学习。一年,毕竟很快的。

小重可以说是方童最好的朋友,有人向她求证,她很爽利地说:"她没有说过这样的话。你们不要乱说她。"

可是,那个男生却并不安宁。他是否挚爱着方童的心到今天可能还是一个疑点,但是他的炽烈狂热是毋庸怀疑的。在他眼里,方童更多是一件珍贵的拥有品,他占有,并且不可以失去;他被高三后就分手的传言的巨大恐惧压迫着,他必须得到某种证实才安心。

那个晚上,黎小重第一次从她的恋爱里清醒过来,她整整一夜没有睡。后半夜,她睡到了方童空着的床上,上面有着她好闻的气息。少年时代的往事潮水一般涌来:骑着单车回家的路上,她们的笑声清脆地洒落;路边的小狗,欢快奔跑而又傻气的模样;老人们在院子里下棋,满足的微笑;高大悬铃木的落叶,金黄的

一路。

在一个晚上的彻夜不归后,方童更加沉默了。

小重的心思也转回了迫在眉睫的高考。

她们之间话忽然也变得很少,更多用眼神交流着,有时对视着,两个人的眼睛都开始湿润。

关于方童的传闻从来没有断绝过,可是,她仿佛已经可以做到好像没有听见了。

高考的前一夜,她们住在四星级宾馆里,那是方童的父亲为了让她们好好休息特地为她们开的房间。

温度和湿度都宜人,她们静静地躺在床上。方童问:"小重,我可以和你睡一会么。"小重说:"好的啊。"方童过来钻进小重的被子,她们照例背靠背地睡,她们都是害羞的女孩子。

两人一直没有说话。然后,小重说:"我说个故事你听吧。"

从前有两只蚜虫。它们一只叫小童,一只叫小重。它们都生活在小胖的牙齿里。它们每天开心地一起造房子,它们喊着:哎哟,哎哟,盖起新房漂亮哦。用小锤子丁丁冬冬敲着小胖的牙齿,快乐地一起干活。每天,小胖吃糖果的时候是它们最开心的时候啦,小童比较喜欢水果软糖的滋味,小重呢,比较中意牛奶糖啦……

方童忽然转过身来,头靠近着黎小重的背;小重很快感到自

己的背上又湿又凉。方童一直这样无声无息地哭着,很久。这样的方式,很符合她。后来,两个女孩子,都睡着了。

走进高考考场的时候,小重心里很安静,她拿起笔做卷子的那刻,觉得自己在和自己的少女时代正式告别了。以后,怎样的伤痛、挑战、斗争,她都不会再害怕。她不知道,是不是有许多人,会有这样感觉。

方童不和小重在同一考场,她是带着神秘若圣母般的微笑走进考场,她的美丽照例照亮了一教室的人的眼睛;她始终相信,这个世界上,有些事情是需要她负起责任来的,她觉得自己比同龄的很多女孩子懂得更多东西,一种悲悯的情绪始终在她的心里温柔流淌。

那一年,黎小重和方童高考。

那一年,黎小重考去了北方一所大学。方童落榜复读。

那一年,她们断了音讯。

她们都相信,对方总有一天想找自己的时候,会找到自己。

那天晚上,黎小重给方童发短信,她这样写:"你好么,小童,我是小重。"

惘然记

事情陷入那样的境地不是她想的。

那天的雨很大,车行驶在高速公路上,前窗的视线模糊。车上放着温和的音乐,车内环境静谧,她的手被身边的人轻轻牵着,好像带领着她走向幸福。

这天是五一长假的一天,她被一个爱她的男人带回家。

"许宁,这样合适么?""没有事情,他们看过你的照片,都很喜欢你,喜欢你去还来不及呢。"

5月2日这天,许宁的爸爸开着车,和许宁的妈妈一起,从C城来N城接许宁和苏素回C城过节。

苏素眉目清秀,一头柔滑的黑色长发,她在N城一家幼儿园做老师,温婉的性格好似她是最适合这个职业不过了。许宁是他

的男朋友,他们去年冬天 12 月认识,交往有五个月了。

12 月的苏素穿黑色齐膝大衣,下面露出红格子呢裙,小腿修长而笔直,裹在红黑拼色的长袜里,那天她背着红色的双肩包,站在公交车上很安静,身体随着车的行驶微微有些摇晃,她的目光时而投向窗外,时而低垂,目光过处都似柔波拂过。不远处站着的许宁,看到她,不可抑制地心动了。

爱是一条悠远而久长的路,对那些性格安稳而平和的人们来说,幸福就是一种没有刺激的习惯,不太高的理想,像平原上,常常低飞的一种白色的鸟,可以看到,然后对它微笑。

12 月的苏素是有男朋友的,他们相处了大学的四年,毕业后,虽然身在两地,然而没有断绝的意思,他每周末从工作的 W 城乘火车来看她,照例地一起吃饭,看电影,去当年恋爱的学校散步,看着身边已经比自己年轻的学生享受他们当年也拥有过的无忧无虑的恋爱时光。安平常常温柔抚摩苏素那张秀美如初的脸,说,和你一起,好像时间永远停留在当初相遇的时间,一切都是一样的美好。

每次安平从 W 城市来 N 城看苏素时候,他们从来不出去住,每次安平总去他在 N 城工作的交好的大学同学那里住。安平怜惜苏素,他说,我不能承诺的时候我绝对不要什么。安平家世清

寒,读完书的他没有任何资本可依靠,一切的一切要靠自己打拼。苏素也只是一般的家庭,却是十分懂事乖觉,和安平一起,从来不提出什么要求,一切的交往方式还如学生时代那样清贫简约,安平有时觉得愧对她,她只是微笑说不。

只有一件事情,苏素和安平说起的时候,决不能够勉强微笑。

苏素想结婚,很想,毕业两年的苏素是 23 岁的年纪,她知道这是最好最美的年纪,然后一切的良辰美景即将落幕,急转直下了。她渴望安定、婚姻。她是在一个虽然不富有但绝对温暖甜蜜的家庭中长大的,父母的相处模式为她提供了一个家庭理想,让她信任婚姻的美好,而她本身内向腼腆的性格更让她想早早有个自己的家,有一个名正言顺,妥帖可靠的依靠。

然而,安平不能够,他知道,自己连套房子还供不起,他想事业有了起色后再结婚。两人每提到此事的时候就都无语,一路走,一路内心苍凉开去。

六年的感情并不容易,放不开,习惯爱,可是,他们的爱会走到什么方向,苏素有时觉得渺茫,这种渺茫让她失望到绝望。有时,苏素会忽然觉得自己被放逐到了荒野,安平越走越远,消失无踪,自己内心压抑,眼泪却是流不出来。

后来,她只能选择不去想,在知道错里头把时光一点点蹉跎掉。那一瞬间的明白和狠心,如果不是许宁出现,苏素做不出。

其实,就是许宁出现后,她还是没有能做到。

所以,事情会这样。

事情发展到这个境地,不是苏素想的。

5月的苏素,有两个男朋友,都爱她,都疼她。不同的在于,许宁想和她结婚,而安平绝口不提。

春天真是很美好的季节,走在街上,婚纱广告漫布,晴好的日子,常常看到婚车在街上行驶过,傍晚时候的酒店大厅前也常常可以看到盛装着候客的新娘妩媚的脸。苏素的眼光很轻易地就被牵引。去年的夏天,苏素去拍写真,有一套是婚纱照,摄影师满意地看着她,说:"小姐,你穿婚纱好美。"她自己也喜欢,常常一个人坐在床上细细看,真的很美,但旁边陪伴的会是谁?

"同学,请问可以借你手机用一下么? 我手机没有电了。"许宁那次跟着苏素下车,跟着走了好一段路,在发现她已经向一个住宅小区走去已经不能再跟的时候,他果断地冲上去了。说了这段话。

苏素傻傻地把手机递给许宁,许宁用苏素的手机给自己的手机打了个电话,然后,理所当然地有了苏素的手机号码。再然后,许宁就全面出现在了苏素的生活里。

"为什么叫我同学?"后来相熟的日子,苏素笑问许宁。"你那时的样子真的很像一个高中生罢了,我当时还想,追求一个高中生会不会是困难重重呢,又想,管不了那许多了。"

以前,苏素和安平在一起的时候,觉得安平对自己很好,觉得男朋友就是这样的吧,定期地来看她,为她分析考虑一些事情。然而许宁的出现,才让苏素惊讶,一个人可以那样去爱。苏素很明白地知道,自从和许宁认识后,自己就是许宁生活的中心了。许宁还在读书,学校在N城东,苏素住在N城西。他每晚过去看她,从不间断。在刚刚开始认识的时候,苏素故意地冷淡他,他在她楼下发短消息给她说到你楼下了,她拖延着下来,和他不冷不热说个十几分钟话就说有事走了。许宁总是温和地说"再见"后离开,乘一个多小时车回学校,第二天又来。有时,苏素告诉他自己有事情,晚上下班暂时不回家,他就会问,你什么时候回去,他会一直在她的楼下等,有时,坐在楼梯口睡着过去。回来的苏素轻轻推醒他,他还残留着倦色的青春的脸对着苏素露出一个真心的灿烂的笑容。

苏素说,我是有男朋友的。许宁说,我知道。安平来的周末,许宁还是过来,有时等到很晚了,苏素送安平乘车走了,许宁才出现在苏素面前。他什么都看到,都知道,但是,青春的脸始终倔强地看着苏素。

　　苏素以为是因为他小,那一阵热情过去也就算了。可是,许宁一直在坚持;可是,许宁在慢慢打动她,不知觉里进入着她的生活,他照顾着她生活的细节,帮她处理身边的事情,他已经俨然成为她的一个保护者。

　　虽然,他比她小三岁,正读大三。

　　这一切不知道什么时候,这样混乱开来,苏素有时觉得无力,或者这一切是自己软弱的性格造成的,她不曾想这样的。

　　从 2 月 14 日起,她有了两个男朋友。2 月 14 日那天,是周六,安平因为有个重要的考核,说不能来 N 城看她了,让她自己好好的,说以后补偿她。她知道他从来是个以事业为重的人,而且她很乖巧,所以说没关系啊。可是心里头的酸涩她自己知道。2 月 14 日的玫瑰和爱情的浓香遍布整个城市,氤氲开来,弥漫开来。她前天晚上很晚才睡,中午被门铃吵醒,鲜花和蛋糕捧来,然后是许宁闪到她面前,在还穿着睡衣神情恍惚的她面前灿烂地笑。他告诉她他订了酒店的情人节套餐,说有空么,可以一起么?她说不可以,她想说,但是,面对那张因为时间累积,悉心关照而尤显诚恳的年轻的脸,终究没有说出口。她穿着大学时候和安平过情人节穿过的嫩黄色小开衫毛衣,淡粉色裙子和淡紫色齐膝靴子,完全是刚刚恋爱的娇美的少女模样。

　　那天在烛火飘摇里,喝着红酒,她觉得有些罪恶,然而已经控制不了思想。她被许宁扶进酒店附送的情人节套房。他温柔地把她安置好,替她揩干净脸,脱好鞋,盖好被子,然后,他躺到她的身边,她因为酒精而有些意识朦胧,她知道,这是她第一次和一个男人同枕,她不知道,自己是不是爱身边这个人,这个决定是不是自己愿意的。许宁躺到她身边,不久就呼吸匀和,似乎睡了;在紧张和朦胧里头,她也不觉睡过去了。醒来时候是半夜,她已经清醒了,静静地睁开眼睛,在适应了黑暗后,她就着微弱光线,看周围,静静看身边的许宁,那是一张青春的大男孩的脸,原来自己已经开始喜欢。忽然,他就睁开了眼睛,也看着她,在黑暗里,他们默默地这样对视着,然后,许宁温软的唇就覆上了她的,如痴如醉,似乎要把她完全镶入自己身体。

这天以后,许宁就成了她的男朋友,她答应他和安平说,说清楚,然而她不是那种狠心的人,每每面对安平的时候只是开不了口。

然后,日复一日地拖,在两个男人的爱里头,她像只乖觉的兔子,总能处理得当,让两个人都感觉不到对方存在。两个人都爱她,浓浓地爱,深信地爱,知道她那样的女子,纯净如莲,怎会怀疑去。

时近五一,安平买好火车票给她,说带她回家;许宁也要带她回家。许宁年少意气,却每每把婚姻挂在嘴边,他说那些话的时

候是如此真挚，让苏素心动。

苏素终究是没有和安平回家。她推说家里有事情。然后，五一的这天，她坐到了许宁的爸爸载他们回家度假期的车上。

后头怎样，苏素真的无从得知，幸福满溢，内心却微微荡漾。

许宁父母对苏素温存有加，在许宁家的几日，苏素是过猪一般的生活，懒吃懒睡，大眼睛懵懂地看看周围，陌生的华丽的家。许宁几乎日日陪在苏素待的房间里，宠爱溢于言表。可是，苏素明确地感觉到许宁父母刻意的分寸感。她知道，自己毕竟是大了他们的儿子三岁，许宁的爱，敌不过他父母的猜疑。她心里先些微恐慌起来。许宁是优秀的，完全有更多更好的选择，他对自己那样挚爱无因，而未知有果。

吃饭间，许宁父母话语间隐约提到要在许宁本科毕业以后送他出国留学，许宁的脸色就先变了说不去。苏素知道许宁是为着自己，许宁妈妈给许宁和他爸爸布菜缓和气氛，苏素却觉得再也咽不下一口饭去了。

七天很快，许宁的父母送他们回到了 N 城。日子继续进行，温润如初。下一个周末安平来见苏素时候，苏素还是没有说出来什么。一样地投入他的怀里，一样地享受他温存的怀抱。只是安平吻她时，她不自觉地躲开。安平纳闷之余，带了强力强吻了她，她觉得难受。似乎，情人节那晚许宁吻了她以后，在身体的接触上,她已经无法适应安平了。

如果身体说明真相,她想,自己大概是已经不爱安平了。

当年的一幕幕还历历在目,深情如斯,怎么说不爱就不爱了呢,苏素自己也无法解释。

安平在家乡的工作前景很好,进展不错。苏素就隐隐有些当安平是备用的意思;这两个男人,都爱自己,都对自己好,可是,和他们的相处里,都有不稳定的因素,留着两个,一个没有了,至少还有另外一个。现在,苏素是把许宁放在首选,安平放在备用。

苏素从小就是个忧患心很重的人。就像家中日用品食品也会早早地备好,她从来不会让自己陷入忽然没有的境地。

这是一种奇异而对于苏素又理所当然的生活状态。

她和孩子们玩的时候完全还是天真的孩子。有时就不免把自己当孩子待:我要这个,那个也要;我要是没有错的。我不觉得错。

许宁是个年轻孩子,却不免有些年轻冲动。交往半年纪念日那天,过来和苏素一起吃晚饭庆祝,然后,喝了酒,不免情动,把苏素抱放在床上,说我想要你。

苏素顺了他。把和安平交往了多年还存有的处子之身,交给了许宁。

许宁对苏素更加的好,竟至不知该如何疼爱的地步。

转眼到了暑假。许宁要过 20 岁生日,亲戚个个都要到。他们是大家族,排场大到夸张。许宁要带苏素回家过生日,他父母觉得不合适,有些反对。许宁不想和父母闹得太难堪,就和苏素说了。

苏素哭了,不可抑制地哭。也许因为交往的前头都太顺利了,不知道受挫是什么概念。哭到筋疲力尽,摔倒在地板上,许宁心疼,抱着她说不走了,留下和她一起过生日,不管父母了。哭也哭了,闹也闹了,苏素还是让许宁回去过生日,她清楚地知道,和许宁父母闹僵了,没有什么好处。想来,许宁也是知道这点,才委曲求全回去和那些亲戚们一起过生日。

她知道,自己和许宁的未来,只有靠时间争取来。时间久了,他父母那头,终究也只有认了。

只是,时间对于她是多么宝贵而又奢侈。本来最想早早有结果的她,却偏偏遇到了许宁,甚至比安平更难说以后的许宁。是命吧,她想。

23 岁的苏素,在镜子里每个角度看都楚楚动人。可是,她的恐慌却不可抑制。

她有了很奇怪的习惯。坐公交车的时候,在街上走路的时候,会不自觉地注意那些看上去比自己年轻的少女,她们总穿色泽很鲜艳的衣服,她们的头发常常有各种颜色,她们的肢体修长呈现生长的气息,她们的皮肤鲜嫩。苏素总会觉得她们青涩而美好,她们多么年轻啊。还有那些把身体裹在制服里的女中学生也牵动着她的目光,在她们那些并不动人的眉目里苏素却能看得出以后惊艳的影子。苏素会担心,在以后,她们中的谁谁谁,会再次在公交车上,成为许宁的目光所在,牵引许宁的爱。

23 岁的苏素,青春在最饱满的时候,美丽在最灿烂的时候。可是,扑进许宁的怀抱后,她深深地担心。

许宁回去过生日的第二天,苏素腹痛,痛不欲生,挣扎打了电话叫了急救车,进了医院,原来是流产了。

苏素的一个电话,许宁就从 C 城回来了。许宁握着她的手,她就流泪说对不起,说我不知道有了这个孩子。许宁看着她苍白的脸,然后,就眼睛湿了,说对不起。

许宁把她从医院接回他家休养。乡间别墅的空气清新,落地窗外是遥远而遥远的绿,像苏素幼时生活过的奶奶的乡村。许宁在她身后抱着她,轻轻的吻花瓣一样落在她的脸上、脖间。

不久,他们就订婚了。许宁的父母因为苏素那次危险的流产,也有些歉疚的意思,也就顺了他们的意。

苏素是与许宁订婚后给安平电话说,我们分手吧。对不起。

安平没有说什么,搁了电话,竟然是彼此再无音讯了。六年,轻轻放下原来也只是无声。

苏素有时会觉得惘然。

她微笑着,面向许宁。

有时,想起那个流产的孩子她会流泪。她有时会觉得那个孩子在恰好的时候失去了是对她的成全。但有时又会想,那个孩子会有怎样一张娇嫩的脸呢。

山河岁月忽老去,一个平凡女子,握一份私人的幸福,已经是幸运了吧。

倦意浓

　　2004 年秋天的时候,三土给自己起了叫"倦意浓"的网名,并在校园的 BBS 上发关于暑假生活追忆的文章。在他的文章里,他把我描写成一个巧笑倩兮,美目盼兮,整天穿着吊带蕾丝花边睡衣不穿内衣的猫一样在他的蜗居里蜷缩的女人。

　　他这样说:"这样一个女子,她对我说她爱慕我欢愉高尚的灵魂,我说你那么好,何苦要爱我。她是英语系的高材生,美貌,保研,1.70 米的高挑身段。在暑假共同生活的日子里,我没有摸过她的一丝长发,没触过她一寸肌肤"。他不过借此想向另一个女子表达他的真意。光后两点,就可以让英语系的学生猜到我的大名了,英语系保研的女生中,1.70 米以上的只有我一个。

　　而事实真相是,暑假我和男朋友分手后,躲去他那儿住了两

天，很快就自谋出路，搬走了。窝在他两室一厅的一个小书房里，压根除了吃饭门都没出，更无向他表情达意，搔首弄姿之嫌了。事后，他请了我一顿饭作为补偿。三土的意思，以我的花名，大概也不在乎在那些风流韵事上再加上一笔，倒是可以成就他的良缘。

谁都不觉得我是被侮辱被损害的人，大概只会觉得我是侮辱和损害人的人。走在秋天的宿舍旁的樱花树下，我常常想念它春天繁花满树的样子。确实如此，在我大学没有间断的恋爱里头，只有我抛弃人，没有人抛弃我。美貌的格蕾丝王妃的长公主的第三个丈夫弥留床榻之际，这位放浪的德国王公向他的妻子表达了无限忏悔和深爱。这个时候，我刚刚换了一个男朋友，这个男朋友被三个女人抛弃过。当得知此状后，我和他笑道：我可能是第四个。他脸色铁青。我顿不言语。我是乖觉的，这也是我为什么能留住男人的原因之一。

事实上，我并没有打算离开他，谁都觉得我不在乎，可是到了他，我已经预备停留下来。也许谁都不知道，包括他。原因有若干，可以解释为女性丰富的同情心，不想为他的悲剧恋爱史再添加一笔；可以解释为因果报应，因为我抛弃过许多男人，所以，我的男人一定应该是被许多女人抛弃过的男人。不论如何，我已经是安定的心态了。

可是谁也不知,三土或者四土,继续可以编织我的风流故事。

那个男人有胖胖的脸,我捏捏他,轻佻地说:"HI,我是跟定你了。"他也滑过一丝笑。他面目忠厚,脾性驯良,学习认真,衣着老土,很多人说他和我不是一个世界的人,可是想,大概这样的男人是真可以让人安心的,大不了我不穿 ONLY 来迎合他的品位。

土豆。我在刚认识他的时候,喊他土豆大叔。我没心没肝地疯狂,觉得他比我老上好多,他的不苟言笑,做事的慎微态度,都是我没有遭遇过的,而事实,我们生逢同年月日。宿世姻缘,早已埋定。谁也不知我热衷星相之说,并是个冉冉升起的星相巫婆级专家。我在 DM 杂志帮人家写星相专栏,对外声称我是他们的英文编辑。

我总不喜欢让人家知道我的真相,任何事情,我觉得这样才够扑朔迷离。神秘,是女人的天性。

我们很快同居了,这个人并不知道他是我第一个同居的男人,但贫瘠的生理知识至少会让我知道我是他的第一个女人,尽管他并没有因此对我表现出太多的怜惜之情。我有时觉得他貌似愚笨的脑袋里有许多复杂的机构,但有时也安慰自己想多了。精明到我不会如斯遇人不淑的,他是个有责任感的传统男人,这点毋庸置疑。他和女人在一起时的形式感十分强烈,出门,我的手一定要搭在他的手肘上，接吻的时候一定要闭上眼睛，付账的钱一定要从他的钱包里掏出来——即使是我塞进去的。换成任何一个21世纪的女人都无法忍受，我偏偏乐此不疲。

唯一值得安慰的是土豆的家境优裕，这使得许多人对我和他的恋情都表露出邪恶的微笑，仿佛早洞察到我内心深处的小秘密一般。

和土豆生活在一起的规律是三天一次小吵，每周一次大吵，有时夜晚时候，两人背对着背入眠之时，我都感到自己罪孽深重，怎么会和一个似乎毫不相干的人睡卧一处。我内心深处隐秘的古典主义似乎就此沦丧，因为可笑的是，说到底我确实是个崇尚从一而终的女子。我和他吵架完的发泄方式是跑去离住处10分钟路程的超市，买一只海南无籽小西瓜，然后抱到小区无人角落，狠狠砸于水泥路面上，看到它汁水飞溅，支离破碎之状，心满意足地离开，彼处曲径通幽，实在胜地。

在砸完154只西瓜后，土豆带我回家。他同样驯良的爸爸妈妈温和地接纳我，并且不惜重金装扮我，对于第一次尝试刷卡刷到手酸的我无疑快哉；但是，回到他家后，我手中的购物袋大多递到他妈妈的手里面，是买给她的礼物。我很愿意讨她妈妈的喜欢，包括不会做饭，却在她做饭的时候一直跟着陪着，她一人看电视的时候一定猫去沙发旁边和她一起坐着，非常耐心地听她讲土豆小时候的事情。我喜欢让她知道我喜欢她的儿子,和她一样,当他是世界上唯一一个充满希望的好男人。

土豆他妈和土豆他爸感情很好,一起吃饭时,土豆给我布菜,他爸给他妈布菜;早晨,他爸开车去上班,他妈一定守在窗边,直到他爸的车离开视线为止。我被这种安详的家庭生活所迷惑,所诱惑。

我的认真听起来像个笑话,我还是喜欢在他管束的缝隙里半夜跑去酒吧和人拼酒,我还是喜欢在不见他的日子身上披挂得像个流浪儿,我还是喜欢丁丁当当挂在手臂上的廉价首饰,我还是喜欢在耳朵上多找块地方多打个耳洞。

有阳光的午后,我和他一起在悬铃木的林阴道上散步,我喜欢扑到他怀里喷喷亲亲他肥肥的脸,然后继续若无其事地走路,他有些脸红,不过我知道他喜欢。我大声问他,你喜欢我对不对。他不理我,我兀自开心,我以为,这就是我们甜蜜的爱情。

所以,那场背叛来得有点残酷。当发现他背着我与狠狠抛弃他的前女友交往时候,我手足无措,这不像我的风格;但一夜出走符合我的风格,夜晚10点多,坐在红色小拖箱上,在凉风中,等待着公交车的情形,很像电影画面,却是我的真实情境。

那晚,我坐车一个小时从城西到城东去投奔三土,泪水一直婆娑流过我的脸;风吹得我的脸、我的身体都彻凉,不过到三土那

的时候，我好似平静了。

是否依赖男性，常常成为现代女子的两难命题，依赖可能丧失自己，危机随时可能发生；不依赖，却违背了自己女性的天性。我认识一个可以称为铿锵玫瑰的女友，她挣钱的能力是男朋友的三倍，却每每把身上的自己购买的昂贵首饰说成是男友所赠，我们心知肚明，心照不宣。

和土豆先生分手的那段时间，我把大段花在他身上的时间，转移到我的兼职工作上，并积极展开。上天赐我的良机是，那段时间，恰好那个 DM 杂志的主编阑尾炎开刀住院，我代表杂志同仁捧花一束去医院探她以后，就暂时接下她的位置，开始放手做事情。那天，在出了医院以后，走在空气浑浊的地下通道，我就开始思量自己接手后的第一个选题。

当时我的选题是从良友杂志封面女郎看 20 世纪 30 年代上海老电影明星，版面安排上图文并茂，隔了年代的细眉丰颜脂粉香气的辽远美丽女子由着审美距离而激起读者特异的欣赏兴趣，使那期杂志大受欢迎，我们的广告商很满意。

因而，主编回来时候，我当仁不让作为她的二把手，开始担当一些重要栏目。她一开始对平时懒散的我忽然的积极十分警惕，后来，几次酒吧拼酒后我们就成为莫逆，才发现共同喜欢着《猫和老鼠》和《谁杀死了兔子罗杰》。一起去逛街淘衫时，我看中一

件低胸纱质和丝绒拼接的长款吊带衫,烟粉色和暗昧不清的灰色夹杂,十分旖旎诡异。我问她买否,我已经许久不穿这样的衣服,她说:为什么不买? 当场为我付账包衫走人。

　　我从小就喜欢有人为我花钱,可能是因父亲宠我而生成的恶习。小时我要零花钱,我要10元,父亲会给我二十;我要五十,他会给我一百;我以为爱我的人会为我愉快地花钱,为我愉快地花钱是因为爱我;我喜欢有人为我花钱,是因为我喜欢有人爱我。自从10岁那年父亲去世后,我就不知道这个世界上,还有谁真正爱着我了。

　　买完衣服,去了她住处,不愧为文艺青年的家,家中墙壁都是小小的壁画,她去煮咖啡,我仔细地一一摸索着看过去.她喜欢SD娃娃,图片中往往是两只娃娃,衣着是精美异常的,并坐着的、拥抱着的、亲吻着的姿态,极尽纯美,却又深刻忧伤,那忧伤又是与世事无关,我行我素的。

　　喝过咖啡,她让我去换今天买的吊带衫给她看。我说下面要配裤子,这样单穿不好看。她说,先穿上看看吧,反正也够长了。我去换了衣裳,那衣服,蕾丝花边缠绕的吊带,我的卷发零零散散落在肩头;白天的妆掉得差不多了,没有腮红掩饰的我,脸色苍白,黑眼圈深重。她过来,抚摩着我的头发,手指缓慢地,从我的胳膊滑到了我的腿。

屋子里,flamesky 的音乐悠扬。我只是怔怔,似乎回报似的,我的手伸出去抚她的手臂,她的肌肤莹润光滑到不可思议,她的眼睛闪烁着奇特的光亮对我微笑。

这时,手机响起来,我去接,是妈妈的电话;接完电话,我和她说,是妈妈的电话,她要和继父出国旅游一段时间,和我说一下。

她听了颔首,若有所思,然后,她抱抱我,说:好孩子,早点洗澡,睡觉吧。

我小时候,听过很多骗小孩的故事,说什么在某个特殊月日对月亮祈祷能够实现愿望,或者折一千个星星对星星祈祷能够实现梦想。我从不去试验,我知道不会实现。就像爸爸永远不会再出现。

我从一个倔强的小孩长成一个还是没能太妥协的大女孩子。命运大概有时会眷顾我,我不太了解。那晚,我睡她的床,她家的床软,被子也软得像梦境;她在书房工作了一夜未睡。

她是个敬业的好女人。于我,又是个有点神秘的女人,一些事情我始终不知道;她很快跳槽了,我转正为这个杂志的正式主编。她要去南方的一个时尚杂志工作了。我送她去的机场,她抱抱我说:好孩子,要坚强。

我终于失去了我在这个城市最后一个能棋逢对手的说话对象。

那期的稿子里我分析到胡蝶和阮玲玉;我说胡蝶的善终和阮玲玉的早夭问题的原因,很大程度取决于她们选择的男子。胡蝶选择并进入婚姻的男人,许了她安定的家庭并容侑维护了她的别投怀抱;阮玲玉选择的两个男人,一个绝情狠心,一个寡情懦弱,直直把她逼上了死路。

有时,我们选择什么样的男人,会决定着我们幸福的程度。

毕业,土豆在我读研的这个城市工作。我用鼻孔蔑视他,他那份有闲有钱的工作必然出自他的父亲的手笔。

土豆后来常常找我,看到他电话我一律就掐断;他来我学校候我,我就住去相熟的同学那,数天不回。一天,在网上,遇到同学,她说,你快看我们学校的 BBS。我去了,看到首页置顶的热点新闻,曰:某痴情男子,为求女友原谅,在女生宿舍下,布下百合和蜡烛阵容,组成"对不起,我爱你"六字。

我看到,模糊不清,但能肯定是土豆的图片。我哑然失笑,真不像土豆的作风。

土豆居然没有把我们分手的事情告诉家人。他妈妈还打电话给我热情指导新研制的炸鸡方法,据她说,那样鸡愈脆美入味。我不好意思说出真相,勉强敷衍;他妈妈的电话,倒比我妈妈还要勤快,我真不知道她是否故意。一来二去,和土豆妈妈,我倒结下了深情厚谊。

　　一个周末，土豆妈妈来这个城市看我，她说土豆告诉她他这周外出到别的城市不在，她不放心我周末一人孤冷，所以来看我。我说我给你订房，40 多岁的土豆妈妈有点撒娇地说：你订标准间，然后晚上陪我睡吧。我一人害怕啊。我无奈，按她标准，开了房间。

　　白天，她拖我逛街。一路详细讲述我和她上次见面以来，土豆家族所发生的大小事宜，大到土豆爸爸的升职，小到土豆的小侄女在谁身上留了一泡尿迹。我一边心里痛骂土豆，一边热情洋溢地陪他妈妈。她牵着我的手，手指似乎不自觉地轻轻摩挲我的手背，很温暖，像妈妈，很久以前的妈妈，爸爸还在时候的妈妈。

　　她拖我去商场看裤子。目的很明确，要换下我身上那条实在太短的超短裙。我随便试了条，修身的牛仔裤，专柜小姐赞好，她就急忙去划卡，生怕我拦她。她身材丰润，走路有些吃力，我看着她急急过去的身影，不晓得为什么，鼻子就酸了下来。她回来，我对着标签微微叹息：太贵了，我自己一定不会买的。她立刻心疼地看我：一点也不贵，以后阿姨给你买。

　　读研的同学，情况参差不齐，一个班的同学，已婚的也不少了。没有的也把恋爱提升到主要课题了，他们大多是本科时候用功读书的好孩子，现在看到周围成双成对，才开始人心惶惶。周围的同学知道我还没有男朋友，十分热心地帮我介绍。我曾在一周之内,见过一个酒瓶底眼镜男,一个球衣肌肉男,一个比我矮半公分男,还有一外表完美的眼光清冷光头男。我穿着瑞丽定制的韩版小礼服,作驯良女子模样。然后在见完一个个后落荒而逃。我很快和他们成了哥们。我和瓶底男约好周末去天文台看星星,和肌肉男约好有空去打篮球,和矮半分男约好看画展,并答应光头男帮他介绍一有钱有貌的地道韩国女子。

我还是周末一个人去超市,辛辛苦苦拎回两大袋日用品;我还是一个人吃饭,一个人进行饭后例行散步,我除了上课大部分时间都在宿舍,我每个周末都会一个人去爬山;我还是爱喝点酒,不过不去酒吧,改成在学校附近的简餐厅点酒喝了,环境一样不错,比之酒吧28元一瓶的小百威价格,这儿的10元一瓶很对得起我的荷包。我改掉恶劣的生活习惯是因为不想再让皮肤和身体老去。等岁月的痕迹生成后再去改变就像等鼻子生了黑头后再去用鼻贴拔出一样,痛苦而未必有效;所以,不如一开始就不。我越来越像个真的温良女子一样生活了。我只是觉得孤单,深刻孤单。

很快到了爸爸的忌日,妈妈不在国内。我一人去公墓看爸爸。放下一捧马蹄莲,我坐在爸爸身边,一不小心,眼泪就开始下来了。爸爸,我好想你。

　　三土在北京念书,音讯全无,我对他这种藐视友谊的行径极度反感。终于有天他记得打电话给我,还假惺惺地捏着声音让我猜他是谁。我一声不吭先挂了他电话,他赶忙又打来,终于老实了,说学习太忙了;我说,我看你是和女人周旋得太忙了。他说:真想你啊。我说:那我明天过来。他哑然。

　　其实,这是次有预谋的出逃。那段时间,我可用三土曾经的网名来形容,就是倦意浓。我早就预谋一场出逃,三土只是给了我一个契机和借口。我迅速向导师和杂志社请了假。

　　第二天下午,我飞去了北京,祖国的心脏,亲爱的首都。

　　三土一副精神不济的样子接我去了海淀区他学校之所在。这不见的一年,他头发长了,皮肤黑了,胆子也小了,先前自负的神气变得有些东躲西藏的景象。也许,岁月的蹉跎里,我们都沧桑了,而我只看得到他,而看不到自己。

　　晚上他带我在学校附近的大排档吃东西。花生米、炸鱿鱼、拍萝卜、酱田螺;我第一次在露天吃饭喝酒,感觉十分不一样,连平常的喝酒也被陌生化效果到别有趣味。那天喝的是燕津吧。我们你来我去,花样百出,不知道喝了多少,只知道最后天旋地转去了,我恨不得这样沉睡百年才好。

　　第二日,他带我坐车经过了天安门,公交车是很近地沿着天安门行驶过去的,我想起6岁时候,爸爸带我在天安门广场照相。

那时,我头上是一头卷卷的短发,爱美的妈妈带我去理发店做的。那日风大,头发被吹得蓬乱,我不开心到鼻子皱皱的,蹲在广场上不肯起来,抬头看爸爸,只要他抱,爸爸按动快门,就留下了那张唯一的照片。照片里的我,眼睛里满是渴望地看着镜头。以前我在网上把照片传给三土看过,他损我道:特别适合给春蕾行动当代言人。

我对北京十分陌生,所以游玩安排事项完全交给了三土。在北京我只有四天时间,因为杂志社社长威胁我再多请就要换主编。第一天,因抵京的当晚我们"喝得"大醉,结果是双双睡到中午才醒。下午他带着我在天安门广场一遍遍转悠,直转悠到我都担忧武警当我们是可疑分子。转到傍晚,回去,照例喝酒。第二天,我们又睡到中午,他带我去隆福寺,然后在东四一带的胡同转悠,声称要找家味道奇异鲜美的电烤羊肉串给我吃,未果。傍晚,我们在一家很不起眼的小店,和一屋子北京人民吃了灌肠和牛肉汤。

第三天,根本不必多想,依女性本能,我早晨早早起床,和他直奔西单,后来转战王府井,购物袋拎到两人大呼手酸。直买到商场专柜小姐已经出来送客,商场打烊音乐响起,才不舍地离开。

可是,回去宾馆我整理东西时,才发现,我延续了以前的习惯:我怎么给土豆妈妈买了那么多东西?

　　我是多么羡慕,有些别人看来平常的事情。我羡慕那些在商场里和爸爸妈妈一起逛的小孩,和父母三人,或者勾着母亲走路时候那种轻松惬意,甚至有点懒洋洋的样子;那些和我年龄相似的女孩,从试衣间出来,娇嗔地抱怨这抱怨那;那些父母看待她们的神情,喜爱的,伸出手去捋捋她们的额发,都能让我怔怔地看上良久。

　　土豆妈妈并不会知道,和她一起逛商场时,走在她身边,其实,我有好几次,都想手勾着她的胳膊走路。我的手指敏感地微微前伸,但终究克制住。商场中空调打得太低,我感觉到指尖的冰凉。

　　我常常会想潜流在我身体里的血液一定保持着比正常人低些的温度,才能让我时刻保有一份深刻的冷静;我懂得去控制感情保持距离,亲爱者的伤害是最沉重的,感情的变数永远不为人知。我不知道是何时培养起了这种智慧,大概是爸爸离开,妈妈再婚以后,所以我是那么担心,所以我时刻逃离;可是,我还是会错,土豆,让我输得很惨淡;妈妈也罢,土豆也罢,都足以让我疲倦而失望。

　　我们要小心生存,十分保重。

　　和三土一起的这段时间,除了喝酒和走路,其实我们也没有说太多什么。他甚至对我忽然来京也没有作大概了解,可能以为是出于我类似当年的任性。我们聊起过他离开大学的那天。他是中午才想起来打电话给我,那时,他已经临上公交车离开学校了。我当时和土豆在食堂吃饭,他说:"我要回家了。暑假后去北京,大概以后见面机会就要少了。"我说:"我去送你。"我让土豆在食堂等我,然后奔去车站。6月中午的阳光灼热,我在刚下课的学生人群中穿梭;他们脸上的稚嫩模样,好似当年入学的我;我到了车站,和三土没说几句,车来了。他上车,临窗坐下,我在车下目送,两人目光有时相遇,似乎意味良多,却又每每不习惯地躲开;我们相识四年,大部分时间各过各的,只是友谊一线未断;面对对方,彼此面目真实,我还是背转了身,流了一些泪。三土的离开,让我真实地感受着一些事件的到来。告别大学,告别伙伴,告别天真。

三土并没有问起我和土豆的事情,大概在他以为,按照我的惯性,我在这一年内不知道又换到了第几位男朋友了。

第四天,上午的飞机,当时订上午的票,是为了折扣多点,后来照例前夜宿醉的我和三土,跌跌撞撞地奔去机场。他送我入登机口,如释重负;我向他挥挥手,转身就走。大学时代的友谊终究因为时间和空间而变得模糊起来。我们都在各自的道路上努力行进,辛苦也罢,疲倦也罢,都要独立支撑;我们在各自的生活里悄然改变,惆怅也罢,失望也罢,都要承认真相。我隐约知道,下一次,三土,不能再是我躲避的地方了。

我上了飞机,关了手机,睡眼惺忪,只是想睡。我睡得香甜,有人推我手臂,我往内缩缩不理;有人碰我鼻头,我忍无可忍,张开眼,我看到一张肥肥笨笨的脸,是土豆。

紫微星官位神秘变幻,划出人们注定相爱的痕迹;在两千米的高空上,深刻忧伤和深刻伤害的人们重逢。我们似乎无法拒绝命运。

天秤座的两头,一头是幸福,一头是伤感,一头是执拗倔强,一头是妥协信任,都在苍茫孤独的星际中安静地等待我的决断。

我扭过头不想看他,他轻轻拥我入怀。机窗外白云朵朵悬浮,宛若梦境,好似天国。爸爸的天国。

小懒小懒花衣裳

　　姐姐说她是蓬蓬头，眼睛大，她说，好期待看到若若。

　　春天一线地溜过去的时候，树下悬垂的毛毛虫晃晃悠悠，姐姐她说想见见若采。

　　姐姐去年五一结的婚。十一后若采一个师兄把若采的电邮给了她。姐姐老公是若采师兄的朋友，据说是因为姐姐喜欢和人谈文学，常常在某文学网站 BBS 上与一人唱和，后来，姐姐老公觉得这样长此以往不甚安全，万一被某文学男青年骗取了感情有害家庭稳定，就跑去和学中文的若采师兄合计；若采师兄觉得若采应该合姐姐心意，而且可以转移她的注意力，就把若采的电邮给了姐姐。

　　认识若采的人差不多都有这样的共识，觉得她乖巧懂事，安

静沉默,不会做错事。

姐姐是个坦诚的人,从第一封 E－mail 起,就和若采说了很多。她是爱情理想主义者。把爱情想得很美,而且喜欢谈那些意义和道理。

姐姐是远嫁,若采能想像故事的全部。一个女子,尽管若采还没有见到过,不过至少应该清秀。从南方安静美丽的城市嫁到龙蟠虎踞的古老的城市,嫁了个或许是通过网络认识的男子,恋爱的时间不算特别长。男孩子是学工科的。

她很美好地描述过他和她的爱情。

若采只是诺诺。爱情这门功课若采注定零分。

若采已经在大四的末尾,考上研究生后等待开学的日子无所事事;在一位学姐的引见下,来到一家 DM 杂志实习。

初去实习那天,若采才发现,老板是个穿白色三宅一生的年轻女子,她有双明亮的大眼睛,嘴唇饱满优美,妆容整洁。她和若采直言道自己的打算。做好这份 DM 杂志,入世后可能被国外的财团收购,他们需要本土的杂志来帮他们完成一定宣传,而从头再做无疑很烦琐,收购是最佳途径。

她顿了顿,"我喜欢你的字,你出去看主编给你安排了什么栏目吧。"

若采道:"嗯。"

若采正准备打开门离开时候,她喊住了若采,她脸上有干净而温和的笑容,她对若采说:"不要总低着头,抬起头来,人会精神得多。"她顿了顿,"你的眼睛很漂亮,像我的妹妹,我很喜欢。"

若采一丝甜美的笑容悄悄浮上来,她感激地抬头看了看她,低声道了声"嗯"后离开了。

若采被分配到做关于家居的版面,那个瘦削,表情严肃的主编说:"你多去看看时尚家居的文章吧。我觉得那上面的文章就很好。我就是要那样的。"她讲话的时候甚至头也没有抬过,似乎不想多看若采一眼。

若采选择的办公桌最靠近墙,她每天埋在格子间里几乎不出来,喝水喝自己带的水,吃饭也不下楼,而是吃同事带上来的盒饭。

若采只有中午会去阳台那儿给植物浇水,有热心的同事会喊她:"若采,阳光很好啊,一起下去走走吧。"若采总是说:"不用的,你们去吧。"可是大家不觉得她孤僻,只觉得她的乖觉:大家不在的时候,总是她,把办公室打扫得很干净,甚至,阳台的那株兰花,也是在若采来了以后似乎越长越好了。

情人节的时候若采在实习单位工作了一天,然后回学校,休息,和平常没有什么不同。

唯一的不同是她得到一朵玫瑰。她第一次在情人节得到的玫瑰。

那天瘦削主编的男友请人送到公司一大捧粉红玫瑰和一个精致的小蛋糕。主编严肃的小脸终于舒展开来。她把花分给办公室每个女孩子一人一朵。蛋糕，大家也分着吃了。

回学校的公交车很拥挤，若采小心地把玫瑰插在 V 领灰色毛衣胸口，外面有咖啡色格子大衣护着。车摇摇晃晃，她手握着车把手，身体跟着车一起微微摇晃。

这是她平生的第一朵玫瑰。

第二天上班，她在时尚网站看到情人节的征文，就写了个帖子投了过去。不想，没有几天被通知获了奖。奖品是退步士的漂亮男表，奖品领回来的下午，若采走在阳光里头，开始回想，那篇文章写了什么，开头大概是："我梦想的幸福就是这样的：和他在一起，照顾他，一起度过平常日子"。

姐姐是在和若采通信不久后开始和若采说起了些关于婚姻的苦楚。先前关于爱情和婚姻的甜美字句还很新鲜，却躲避不开被生活的琐屑惘怅覆盖的命运。她是写字的人，加之诚实，所以说的事情都是丝丝入扣，宛如面前。

她说,丈夫是穷人家的孩子,连带有着一些贫穷的亲戚。姐姐说,我不是看不起人,我是接受不了他们的很多生活态度和看事情的方式。其实丈夫也不过刚刚研究生毕业,在这个城市什么也不是;可是,在丈夫的家乡,他却是了不起的人物,什么事情都爱过来找他。新婚不久,家里的客人送了一批又一批,从借钱的到上访的,无所不有。

她说:若若,我是没有办法了。我喜欢他,所以我一开始就认了。你以后一定要找个好人家,生活的琐屑会把温柔消磨干净;我们都是内心柔软的女子,我们都承受不住。

若采听她那些苦楚。可是,若采还是很羡慕,姐姐可以有爱她的人,有爱她的人给她的家。

若采会想,若自己可以有,不管多苦,自己一定可以坚持。

大四了。若采经常性碰到同学,他们或是挽手笑曰结婚计划,或是形单影只地说,分了分了。

没有人问若采的感情生活,没有人问若采对今后人生的打算,因为大家都知道,她没有男朋友。

偌大的学校,偌大的城市,若采只觉得孤单。

她晚饭后,常常一个人在学校的喷泉广场散步,那儿常常有年轻父母或年迈老人带着年幼孩子在玩,每次6点喷泉开始喷的

时候,总是会有一阵欢呼声;若采很喜欢大家共同期待着喷泉,共同欢呼的场面,这让她觉得自己是大家中间的一个,一同分享一种快乐让她觉得温暖。

若采喜欢小孩子,她喜欢那些穿着粉嫩颜色的小孩子,肥嘟嘟的,白嫩嫩的,她坐在大理石台阶上,遥遥地看他们蹒跚的步子,可爱的姿态,听他们娇憨的笑声。她有时,侧过头来,手在头顶举两个 V 字,遥遥做个兔子的模样逗笑他们;她只是从不敢去靠近他们,逗弄他们,尽管,她是多想捏一捏他们胖乎乎的柔嫩的小手。

因为有一次,她看到一个宝宝跑得太急,几乎要摔倒了。而大理石的地面是那么冰凉残酷。若采一时心急,就连忙上前抢先扶住了孩子。可是孩子看到若采的时候,却很大声地哭起来,无赖地,随心所欲地,像所有的孩子一样用大声的哭来宣泄不满。大人过来,一句谢谢也没有给若采。而是埋怨地看了眼若采,麻利地抱过孩子很快离开了。

若采的心里冰凉的,双眼泪水濛濛,好像被放逐到了冰原的姜饼小人。铺天盖地的巨大寒冷无可躲避,而自己是那么小,那么无奈和无辜。

每次心情沮丧的时候,若采最先想到的事情,就是回家。其实回了家也不会说什么,绝对不会说什么。只是,可以暂时躲避一下。躲避一下也好。把事情都放下来,不管多乱,多复杂,想一想,整理一下,做个决定,鼓起勇气,回到自己生活圈子里,做那个自己。

妈妈身体不好。若采小学四年级时候起,妈妈就开始在家不工作了,只照顾若采和爸爸的生活,做全职太太。所以,她有着很多的时间和心思,把若采和爸爸都照顾得很好:若采的家里,总是特别有家的味道,从悬挂纸灯到细竹窗帘,总是温情四溢;每天,当老师的爸爸下课后,去接若采放学回家,回到家,推开家门,总有菜香扑鼻,妈妈从厨房端出最后一道汤,而餐桌上,碗筷都已经仔细摆放好了。

爸爸是个脾气非常好的人,家里从来没有过争吵。若采一直以为家就是应该这样的。后来才知道,是在认识了很多同学,知道他们的家庭后才知道,自己不过尤其幸运。

或者是不幸。因为期望值,从一开始就比别人高吧。

长这样大,最喜欢若采的男人,应该是爸爸。若采完全不记得小时候的事情,甚至小学时候的事,都忘却得很干净,她就像一个没有过去的人。大概是她的生活实在太过平常,没有波澜;她的记忆总是规律地把过往的事件一一过滤。

　　她像停留在小学美术课本上的蜡笔小人，简单，单调，从没有改变。

　　若采长那么大，唯一的爱好是昆虫。昆虫从来不可能像宠物一样和人类亲近，它们有自己的世界，它们在很多人看来，不漂亮，不乖巧，可是它们柔弱而自由；要彻底拥有它们的方式，只有死亡。收藏家，让钢针刺穿它们毛茸茸的胸膛，把它们固定在玻璃盒子里，仿佛一场诅咒。这不是若采所理解的热爱昆虫的方式。她只是喜欢看，追随着它们走。她在树下耐心地看两只七星瓢虫进行下午的聊天，她跟随一只通体黑色的蜻蜓走了大半个操场，从操场正南的槭树林走到操场西侧长满了野蓖麻的草地。这只蜻蜓不紧不慢地到处飞着，若采与它保持着一定的距离，天真烂漫地追随着。

　　爸爸爱若采，从她甫出生，就以一种母亲才有的柔肠爱怜她；爸爸常常和若采说起她小学四年级时候的一件事情，说带若采去商场买衣服，若采试了一件粉色的棉衣，特别漂亮，商场的阿姨也都过来看，说："小孩穿多好看啊。"可是那件衣服贵，200多元，而当时妈妈刚刚不工作，爸爸不过是普通教师，家里经济紧张。所以爸爸就说："若采，我们再看看别的，回来再买吧。"然后就带她离开了。后来若采和爸爸就回家了，那时候若采小，不懂，还跟在后面问："爸爸，我们怎么不回去买啊。"爸爸没回答。

爸爸说："我那时觉得特别对不起你。然后就自己和自己说，以后你要什么一定要给你。"

后来，爸爸放弃了教职，开始做生意。爸爸的生意越做越好，他有了自己的工厂，自己的办公楼。

其实做生意和他的本性格格不入。他是个习惯拿本小说书看着睡着的商人；他是个读书会读到哭的中年人。爸爸，若采想到他，怎么可以不哭。

爸爸宠若采，家里的事情从来不会让若采知道，房子买了卖，卖了买，若采回来后总有装修得漂亮的那一间。他宠若采，不让她接触人事、社会；若采放学回到家后若要离家半小时以上必须说清楚原因，得到许可才能出门；若采想外出到别的城市，一定要找人陪同。

太健康往往就是最大的不健康，若采其实是有些畸形地长大吧。对世事缺乏了解，缺乏勇气，常常抱有不可思议的理想主义，不关心身边事、人，倾向自我封闭，不懂得人际交往的技巧。

运气好的是，若采生命的每个阶段，该有的朋友都有了。高中、大学的女友，她们对若采的好，有时会让若采觉得惭愧，不知道自己如何配得上这些好。

姐姐，可能算里面的一部分吧，一个人如此向你打开内心，而若采不过是个面目模糊的陌生人吧。回复她的 E-mail，若采习

惯性地语焉不详。或许是出于一种自我保护的倾向。

　　姐姐只通过若采的文字判断,就坚定相信她是个乖巧可人的女孩子,她总是说:"若若,姐姐想看看你。"可是,若采总是以这样那样的理由来推脱。所以长久的时间里,她们一直是文字的朋友,网络上的朋友,现世中的陌生人。

　　有次,姐姐和若采说起自己常常去的一个书店,若采发现,那正是自己也常常去的那家。所以,竟然就刻意不再去那家书店了。

　　自己的世界,从来只属于自己。属于自己最好。问题、灾难,并不是别人可以挽救的;爸爸,你知道么,便是你也不可以。

　　喜欢一个人,是宿命似的,是飞蛾扑火,没得犹豫,没得悔过。温和如水的性情让若采一不小心就把心滑到永恒里头,清风淡月里头若采只喜欢与那个人一路安静地行走下去,心里吟起小时候的那首儿歌:小懒,小懒,花衣裳。

　　他是若采在读书会认识的男孩子,读书会的聚会,每个周日在学校附近的唯楚书园;读书会的成员可以自由阅读,作为交换条件的是,他们必须帮书店整理书架上的书,并分门类归好。那天,若采坐在扶梯上,在整理书架最上面一排书的时候,一本书不小心抽落掉在了地上。

他捡起书,把它递到若采手里。他的眼镜后面是明亮聪慧的眼睛,他阳光般灿烂的笑容,照亮了若采的单纯的心房。

绿色的大兔子驮着若采在森林里狂欢奔跑,直跑到青草无垠的神秘边界;它和她躺在柔软的草地上,面对着璀璨星空,流星像焰火般从天空纷纷划过美丽弧线,仿佛在庆祝她和少女时代的告别。

若采以后的目光就一直悄悄跟随了他。校园的饭堂,林阴道上,书报亭旁,篮球场边,若采和他,不知道有过多少次巧遇;上天把他们安排得好像有缘分的人,可是命运只是扬起了讽刺的笑容。她看到过他和他高挑漂亮的女友一起的甜蜜辰光,他们在饭堂互喂着食物,他们在林阴道上,踩着落叶,十指相扣地走路。她看到他从两个人的相伴走成了一个人的孤单。她离他最近的时候,不超过一米的距离,那是他们共同在公告栏看通知;她紧张预备,预备被他发现,他会和自己打招呼时,回答一句甜美的"HI"。只可惜,他从来没有认出她。

若采像无辜的蜘蛛大人,自己扯开了一张缠绵的网,最终被纠缠的,只是自己。

他们唯一的交往是,每次读书会活动快结束的时候,大家开始收拾书打打闹闹很欢腾的时候,他会来在扶梯这边,对还坐在上面安静看书的若采问一句:你看的是什么书?

　　姐姐又写来信,继续地抱怨。让若采心慌的是,她说起,含糊朦胧却又甜美地说起,她有新的爱人了,背着她的新婚丈夫之外。

　　这足以让若采的世界支离破碎。她恐惧地很快删除了那封电邮,像遭遇一种巨大灾难和罪恶。

　　可是,姐姐的话,已经深深印刻在若采的脑中。

　　若若:

　　姐姐出生在美丽的南方城市,姐姐有一个和若若一样可爱的妹妹,姐姐和妹妹的家是在山上的大房子,白色的巴洛克风格小楼;姐姐和妹妹的房间在三楼,打开窗,就是山间清新的风,入眼连绵的绿,还有层层叠叠的姹紫嫣红。姐姐和妹妹常常在外面的花园喝茶,flamesky 的乐声悠扬,少女时候的下午时光美得如梦若幻。

　　前段,姐夫的堂妹来短住,说是要考艺术学院,要姐姐和姐夫找关系通融。这个我一样需要喊作妹妹的人,胖大粗俗,这本没有什么,小孩子家的教育不好,可以理解;最可怕的是,小小的心灵却如此势利,对家中亲戚权钱利害口若悬河;而且没有卫生习惯,把姐姐的毛巾、衣服、牙刷通用一遍;姐姐实在无法忍受,借故去朋友家短住,也省去每天仆人般为她做菜洗衣的伺候。

　　住朋友家的时间，特别清闲。心情也愉快起来，仿佛回到婚前无忧无虑的时候；姐姐每天去书店看书、买书，买花回来养着，去散步，去喝下午茶，去泡吧。

　　姐姐遇到了一个人。那个人重新燃烧起姐姐的感情，重新让姐姐觉得了爱情的甘美；姐姐开始质疑自己的这半年婚姻，开始质疑当时不顾一切反对嫁给姐夫是出于一种情深意重还是青春反叛。也许姐姐真的不适合婚姻。

　　若若，姐姐想看见你，姐姐想抱一抱你，姐姐想和你说说心事。

　　爱的，不爱了。花开，再谢了。蝴蝶来了，又走了。鱼儿摇摇尾巴，吐出一个透明的泡泡。

　　爱是什么。若采的脑中一片混沌。

　　她坐在操场旁的水泥看台上，看下面足球场上他奔跑的身影，默默对他说，若采不会不爱你的。

　　若采退出了读书会，谁也没有留意这个不起眼的女孩子，她不爱抬头，开会从不发言，遇见人只是躲闪。她只喜欢，坐在扶梯的最上面，顶灯柔和的光线笼罩着她，显得她的身形格外娇小。

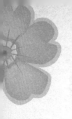

她只是喜欢,在那个位置安静地看书。

那天,若采遥遥地看到他们读书会活动散了。三三两两离开唯楚书园。然后,她进了那扇门,她低低地戴着 e‑land 的烟灰色压檐帽,背着深蓝色小熊维尼的书包。她向老板问了好。她取来扶梯,坐到最顶上,她这次并没有取出书来看,她取出了一种植物的一根枝条,枝条上有并生的绿色叶子;那些绿色朝阳面略深一些,背阴面则浅一些;树叶的触感很柔和,像少女的肌肤。这种植物,叫做合欢。

她轻轻摘着合欢的叶子,一叶,一叶,从高处慢慢落下来。

"他会来找我","不会","会来","不会"……

爸爸,你能祝福我么。若采只想要个像你一样对自己好的男子,清风淡月里头把永恒传说下去。若采要洁净纯粹的爱。

那篇文章里头有句话,若是宿命已定,我会孤单;一辈子孤单下去,我会怎样。

若采知道那篇文章,平白如水的文章为什么能获得那个不错的杂志不错的奖项,因为它哀伤。

若采喜欢不复杂的生活,她不喜欢复杂的爱情,她喜欢被叫做孩子。

若采喜欢,一个简单可爱的家。一个简单可爱的自己。

可是,有时为什么事情总是那么复杂呢。

若采是个出门总要戴着压檐的帽子,头低着走路的女孩子。她不太愿意扬起头看人。

若采甫出生,妈妈看到她就掉眼泪了。

多白净漂亮的一个小孩子。可是为什么偏偏生着兔唇。妈妈被爸爸抱在怀里落着泪,不为别的,只为这个孩子不可期待的命运,为担心她要遭受的苦楚。

姐姐,爸爸,妈妈。

小懒小懒,花衣裳。

谁陪我把童谣往下唱。

书店门上的淡蓝色海豚风铃清脆地响起来了。一阵轻风穿入室内,是谁,推开了门?

绿色大兔子轻轻亲吻着若采的脸蛋,柔和湿润的眼睛温柔地看着她。它和她承诺:幸福并不遥远,善良的小孩子会得到祝福。

高跟鞋 平底鞋

　　眉喜中学时候只穿平底鞋，细碎的齐眉刘海，柔顺的马尾辫，面容平淡而清朗。穿翻领 T 恤，白色短裤，轻盈地跑去操场跑道旁的自来水龙头边，低头接水喝的，那是刚刚上完体育课的她，她脚上俨然一双纤尘不染的白色跑鞋。

　　眉喜有两双白色跑鞋，都是最简单的那种，鞋带都是白色的，没有任何花哨之处，如同那时候她的心思。眉喜的白色跑鞋，她总是自己洗，洗完，她要上一层滑石粉，用卫生纸包着很小心地放在窗台上晒。

　　老师家的儿女，驯良的天性，严格的后天教育，教导出这样的一批小孩：他们总比很多同龄人要中庸、保守；良好的卫生和生活习惯，理想主义的熏陶，让他们有时看起来更像中产阶级的小孩，

这也是他们中很多人的生活理想和未来的命运走向。

眉喜住在教工宿舍,学校的家属院,那种屋子一间套一间进去的两室套或三室套,愈进去光线愈加不好,白日里也要终日开着日光灯。眉喜的近视眼是很早落下了的。套间的最里面是卫生间。眉喜的父亲已经把卫生间装修得很好,但是,过度的潮湿还是能让眉喜每每从卫生间的墙壁上拣出小小的蜗牛。它小,连着壳都那么脆弱,它在她的指尖上,老实地,懵懂地,贴着她的皮肤,甚至有几分依赖的意思。眉喜,轻快地跑去外面,把它放到草叶上。草叶坠下去,因为承担一只蜗牛的命运,沉重。"若承担一个人的命运的重量,会不会太累。"眉喜许多年后,常常在电话这头,低低问着沉和。

平日的眉喜,也穿别的鞋子,不过都是平底的,搭衬的娃娃圆头黑皮鞋,搭配白色蕾丝花边袜;蓝色运动鞋,配白色棉袜。褐色休闲鞋配淡灰色棉袜;有一年在南方工作的舅舅给她带回来一双红色的跑鞋,纯正的红色悦目耀眼,眉喜却只穿过几次。

穿平底鞋的眉喜,走路轻盈,健康明朗。在饭堂打饭,老师和学生是一起的,有次,一位老师端着饭盒时不小心遗落了手边的饭票,眉喜轻巧地侧身过去,蹲下,帮他捡起来——那是雨天,饭堂的水泥地面上已经有许多杂乱的带着水渍的脚印——饭票的旁边沾了些许泥污,眉喜小心地用手指擦干净,把它递到他手里。

他对她温和地笑。那是她一生记忆里最美好的笑容。他是她第一个爱慕的男子。

办公室里，午后的阳光在窗户外明晃晃的，好像什么心事也藏不住的少年；吊扇阵阵微风，掀起作业本的几片纸张；眉喜陪他给学生证件上贴照片，他拿起一张照片，仔细端详了片刻，和眉喜说：她生得真好。

眉喜看过去，是微凉。

微凉总恨自己长得不够快，谁让她有那样一个妈妈呢。爸爸是县城文化站的站长，管理县城萧条但外观庄严的影院和无数个广播站。似乎理所当然地，他娶了妈妈那样的女子。

传说妈妈是当年县城文工团最美丽的女子，她长袖善舞，明眸善睐，她的理想原本是在县城之外更大更远的世界，只可惜被爸爸利用整个县城所有广播站同时播出的情诗所俘虏。那是个情歌张狂，诗人享受崇高地位，文化中心化的狂热年代；作为文艺女青年的母亲就这样轻易地被打动了。很快，微凉的出生更限制了母亲的脚步，但是她那样的人物还是很容易在小县城出尽风头的，有别于和超越于一般女子的。

经济不景气的时候，父亲巧妙地把附属文化站的电影院，那座带有前苏联新古典主义建筑风格的老会堂租给各种单位和工

厂用来开各种名目的表彰大会、联欢会、总结会;在那些会议都萧条的时候,他就把它租给来路不明的江湖医师开什么风湿、偏瘫治疗的新药免费试用推广介绍会,甚至有一次租给一个外来城市的工厂开羊毛衫展销会。这些会议的频频召开让老会堂恢复了生气,座椅因为长期被衣裤磨蹭而愈发锃亮,发散一种荣誉的光芒;而父亲的腰包也因此迅速鼓胀,这让父亲在小县城养着母亲过滋润的生活变成一件易事。

　　母亲的服饰总是那么妥帖,她有着天生的智慧知道如何穿衣能显现她修长的颈、纤细的腰、圆润的腿;她衣服的颜色总是那么美丽新鲜:咖啡配浅米、玫瑰红配深绿、明黄配草绿、粉红配鹅黄。母亲天生的冰雪肌肤让她最容易把各种颜色的美丽展示出来。

　　微凉从小就怕老师,这与小学的经验不无关系。她的小学老师们都是些年轻或年老的女子,她们酷爱挑微凉的一切小毛病,包括小数点的位置和"b"和"p"相差的点点,以此有借口让微凉叫父母到学校来。而每次去微凉学校的一定是她美丽的母亲。她们艳羡地、愉快地坐满整个小小的办公室,在关于微凉的问题之外更多的是和她的母亲探讨她在大城市的见闻,穿衣服的心经。

　　微凉小时候长得平平倒让父母的亲朋们不免狐疑,除了一双

仿佛时时被恐吓到的黑白分明的大眼睛,她身上看不到太多母亲美貌的痕迹,皱皱的蒜头鼻,稀拉的黄头发,然而这丝毫不影响她对母亲的美丽的追求。

微凉从小对美的定义就是,真正的女性就应该是母亲那样的。

母亲总是只穿高跟鞋,从不穿平底鞋;微凉是在许多年后从自己继承的母亲的身体特点上找到了原因,当时,她只觉得穿高跟鞋的母亲是多么摇曳生姿。她迫不及待地渴望长大,渴望长到穿高跟鞋的年纪。

微凉第一次穿高跟鞋是8岁的时候,母亲不在,她把母亲的高跟鞋排队,挨个地穿过去,在宽大的穿衣镜前艰难地挪动步伐,稚嫩的小脚被皮革摩擦得生疼,她依然不懈怠地、尽量把自己的小脚丫往皮鞋的前端塞,尽量像母亲那样,稳当优美地走路。可是吧嗒吧嗒的不协调的脚步声总是传出来,就像白雪公主一觉醒后发现自己雪白肌肤被邪恶的母后变成了木炭黑。

最终的结果是崴倒、膝盖破、涂紫药水时的剧痛。她一连三天坚决要求穿裤子以掩饰伤口,好在一向对她有些疏忽的母亲并没有留意到。

青春期的微凉像一只小青笋一样一层层破壳重生,她的脸上愈加彰显出母亲少女时候的模样:大而深的迷人眼睛、高挺的鼻

梁、薄薄的秀气的嘴巴有自然天成的端庄之美,她的腿尤其长,穿上高腰的连衫裙完全是芭比娃娃的模样。

她开始尽情地装扮自己,并以看到镜子中的自己为一种乐趣。她长得愈来愈符合妈妈的理想,所以妈妈也是不遗余力地帮助她。这让她很快地脱胎换骨并且脱颖而出。

有些女孩子的美貌是上天的神赐,她似乎只需要去安然享受。

但是,她很快也意识到自己的缺陷,她的小腿比较短。她聪明地只穿中跟或坡跟的小皮鞋,这是对中学生不许穿高跟鞋的规定一种狡猾妥协。而且,鞋子常常藏在裤脚管里面,没有几个老师会认真地和这个楚楚动人的女孩子较真来检查她鞋子的高度。

眉喜和微凉,是同班同学,眉喜是班长,微凉是文娱委员。她们的班主任是当时的语文老师,一个温文尔雅的年轻男子。像所有的俗套故事,她们中的一个人爱慕着老师。

眉喜至今记得语文老师那细长的温柔的小眼睛,白皙的皮肤,高瘦的、微微驼背的模样。她始终喜欢那样细长眼睛的温和男子,这也是她后来对沉和一见倾心、欲罢不能的原因。

因为语文老师和爸爸是同事,对待眉喜总有些对待晚辈的不拘,完全没想到自己也不过比眉喜大上 10 岁的年纪,正当青春年华。

　　语文老师让眉喜写东西，说到"伎俩"这个词语，眉喜困惑地抬头，说，不会写。他径自俯下身去，握着她的手，一笔一画写了那个词。他是心无旁骛的，眉喜是心头乱撞的；他好闻的气息阳光一般弥漫在她的周围，她仿佛在大片的向日葵地里狂欢奔走，旋转处，都是灿烂光华。

　　微凉很早就懂得了女人的矜持，那来自于母亲对待男人态度的潜移默化的影响和学习。她谢绝着同学的情书、用天真而世故的眼神打量男人；她很早对男女有了明确的性别定义，时刻懂得散发一个女孩子所该有的魅力。

　　微凉只喜欢一切英俊的、轮廓如雕刻般清晰明朗、秀美如幽游白书中的藏马一样的人物。他必然是和她一样年轻的、血肉新鲜、连毛孔和汗水都纯净的、在青春期的男孩子。

　　微凉那时没有爱上谁，但是谁都爱上了她。

　　班级的联欢会，她穿高腰的白衣红裙，跳起母亲教给她的朝鲜民族舞。他的目光跟随她，不可抑制的迷恋，她的眼神无意地扫过他，随意地递送情愫，少女天真而娇俏的笑容占据了他的心房。

　　多年以后，他已经在一个南方城市成了一位小有成就的职业经理人。回想起让他毅然放弃安定的教职而离开县城，来到南方

的都市打拼未知的生活的原因很大程度就是他想到一个有着熙熙攘攘人群的城市寻找一样明媚的容颜。

　　他注定无法爱上小县城那些善良而平常的女子,他关于美的渴望在那一刻被启蒙,像是一场初恋降临,终生的感情轨迹就此注定。

　　眉喜和微凉站在一起,微凉要高出一些,其实只是因为她的鞋子跟比较高,眉喜当时并没有那个意识,只是觉得微凉是要比自己高一些的。

　　眉喜和微凉的生活几乎没有什么交集,虽然一个班级,但是各自有各自的圈子。眉喜在所谓的好学生的圈子里,每日为了好成绩互相切磋,孜孜以求。而微凉身边的朋友则是一群家庭优渥的,爱娇的女孩子们,她们的成绩总能在中上的位置让老师不至于太操心;她们是班级最光鲜的色彩,是男孩子目光的追随所在。

　　眉喜觉得自己和微凉是不一样的,然而她跟随着老师的视线,知道,老师大概是喜欢微凉更多一点的。她第一次知道心也会疼的,书上说只有脑在思考、伤痛,那是说谎的;心真的会疼。她感觉到她像是被抛弃到海滩的小小热带鱼,离开水后的呼吸紧张,让她胸口疼痛,心仿佛要撕裂开来。

　　许多年后,她躺在沉和的臂弯,对他说:哪怕你已经不爱我了,哪怕你已经爱着别人了,请不要告诉我,请欺骗我,请不要离开我。

她已经没有少女时代坚强的心。

高考之后,中学毕业,最后的聚会。那天,微凉光明正大地穿着一双粉红色缀蝴蝶结的高跟鞋,上面是圆摆的裙子,绸缎的料子;宽宽的腰带紧紧束着她的盈盈一握的腰,扎出一个漂亮的蝴蝶结。她的头发披散开来,妩媚地散落在柔润的脸旁。

眉喜只是推了推眼镜,目光从微凉身上移开,落到自己脚上,那双穿了三年,终于在鞋边处泛黄的白色跑鞋上。她真的是很心爱这双跑鞋的。

那双跑鞋,也像她的少女时代,洁净、空白。

语文老师邀微凉唱歌,他牵了她的手去台边,满足的笑容真实而不加隐藏;眉喜含着一颗苍凉的泪,苦涩地,没有流出来,却咽下了喉咙。

高考后,眉喜去了省城的大学。她的性格是并不喜欢离开家太远的。

进大学后,眉喜不戴眼镜了,暑假的激光手术治好了她的近视;她的头发开始披起来而不扎成辫子了,因为头发太多,她去理

发店打薄了头发,发型师还帮她剪了个俏丽的斜刘海。她又长高了一点,她第一次在舍友的惊叹中知道自己的腿其实很修长。

她还是爱运动,早晨去操场跑步。秋天的时候,跑完步,天色才微微明亮开来,她看到薄雾里草叶上晶莹的露珠,她喜欢停下来看一看,她怀念曾经捉过的那么多只蜗牛。

父亲学校的宿舍大院早拆了,改成了住宅小区,眉喜家被分到了两室一厅;新房子采光和通风都很好,而且浴室里是再也捉不到蜗牛的了。

跑步时候,眉喜穿的是阿迪达斯的跑鞋,是父亲帮她买的,虽然价格昂贵,但父亲说,比她中学时候的白色跑鞋养脚。女儿越大,越要离开家并将真的成为别人家的人的时候,父母总不禁把她娇贵起来,好似客人一般了,怕以后,再少机会,能这样赤裸裸地疼她。

而平时,眉喜只穿高跟鞋,她甚至不穿坡跟鞋,她觉得坡跟鞋的设计会破坏高跟鞋本身的意旨和情趣。为了配合她的鞋子,她的衣服也无一不女性化了,腰身剪裁的妥帖,质料的手感,她都很重视。有时看镜子里的自己,她会恍惚仿佛回到那个聚会上微凉的模样,眉喜盈盈的腰确似她,只是,她已经很久不知道微凉的消息了。

寒假回家,她穿了一件粉红千鸟格大衣,兔毛的领子衬着她肌肤胜雪，平淡的眉目里都透着旖旎的味道。那天早上起床，她取出鞋盒，穿上新买的白色高跟长靴，她和妈妈说："我想去学校看一看语文老师。"妈妈说："爸爸没有和你说么，他已经去南方半年了，你们毕业后他就去了。"

眉喜一人走在县城冬天热闹的街道上，虽然周围人熙熙攘攘，她却好似锦衣夜行，了无趣味。她心里很沉，好像在薄冰上小心翼翼地行，却不小心沉到了冰层以下，一时彻凉，一时错乱。

有人喊她："宋眉喜，宋眉喜！"声音清脆。

她抬头，是微凉。她和她的母亲一起逛街。好似姐妹花，两人分别着褐色和白色的皮草小袄，富贵的模样。微凉愈发娇美了，她化了精致的妆，一张脸蛋完全看不到瑕疵；挑染了酒红的头发，一卷卷地垂落在肩头。

我也在省城念书，我们学校不一样。以后多联系啊。

微凉比以前随和多了。眉喜和她互留了手机号码，寒暄了几句，就道别了。眉喜注意到微凉穿的，也是高跟皮靴，褐色，长筒及膝。

回校，已经是春天了。春风吹，春意动，一半说笑，一半当真。眉喜的宿舍张罗起联谊宿舍，也张罗起了萌动的情愫。

联谊宿舍是本校交通学院的学生，四个人见四个人，之前都

没有见过,只打过电话。

虽然在电话里都嘻嘻哈哈,极度调侃,但见到面,一个个却害羞起来,局促、不多话,一个个低头猛喝柠檬水。

眉喜本来就当这件事情是一个笑话,心态比三个舍友却轻松多了。她大胆抬起头来看。

天,居然有帅哥。

其实,最让她心里猛的被击中的,是他细长的正对着她仿佛在微笑的温和的眼睛。多年前,老师的气息,最温柔的情愫潮水般涌上来。

她低下头,完全无法再自在了。

他却发话了:我认识你。每天跑步我都看到你。可是,你从来不看我。

怎么会看不到他,他长得多么好,高挺的鼻子,轮廓漂亮的嘴唇,笑起来嘴角微微上扬。

眉喜第一次懊恼她对男性是多么缺乏注意。

这次联谊结束,有人收到情信了。

是眉喜。她收到平生第一封情书,他在薄雾冥冥的清晨从她身边轻快地跑过,把信轻轻丢到她手中。

"请做我的女朋友吧。可以吗?"

这封情书,来自他,沉和。叶沉和。宋眉喜的第一个男朋友。

一轮鲜红的朝阳,忽然跳出来,整个天空在变亮,漫天的云朵泛开红晕,世界仿佛在进行一场生动更迭。

交往后,眉喜才知道沉和更多,他是校篮球队的队长。他学交通工程。眉喜常常帮他画图纸,恶补作业。但是,眉喜信任他的天分,每年的奖学金,他总是能轻松获得,虽然永远不是 A 等。

沉和打篮球时,总有很多女孩子围观加油。甚至有人一中场休息就体贴地送水送毛巾。那是在沉和没有女朋友前她们形成的习惯。眉喜是有些懵懂的人,她先前并不去看他打球,因为对球类缺乏兴趣,后来去了次,看到这情形,以后每每就不由自主地走过去了。她心下是有些酸楚的。

那天中场,沉和看到了人堆中的眉喜,他笑着过去,一把抱她在怀,不等及眉喜抱怨他身上的一身淋漓汗水,掌声在人群里就开始响起来了。

以后,给沉和送毛巾和水的,一定是眉喜了。她甚至喜欢起了看球,她追随沉和成了湖人队的 fans。

可是,眉喜开始碰到难题,常常要去篮球场的她不适合老穿高跟鞋和那些把身体束缚得紧张的衣服了。她开始回到中学的习惯,她只穿平底鞋,跑鞋,她穿宽松的 T 恤和外套,甚至,她把头

发剪短了一些,碎碎地披在肩头。沉和说她那样显得尤其娇小可爱,爱惜地伸出手来揉乱她的发。

可是,这样的模样,正是自己中学时候的模样啊。原来这样也可以被爱,被疼惜。眉喜第一次对自己的中学时代少了那些惆怅和逃避的心理。她原来以为的灰姑娘的时候,原来也可以被人当作白雪公主的。

只是,是否,碰到了,爱上了,对的人。

他们一起吃饭,自习。沉和爱送眉喜去上课,虽然是简单事情,却别有情味。他说,认真地说,老婆,我要努力工作,以后养车,送你去上班。

他们相爱,眉喜觉得应当感恩。她始终都只认为自己是平凡不过的女子,却收获一份圆满的感情,她别无他求。她是深深地依恋他,深沉地爱着他。

微凉觉得流年不利。这是她这个月第三次崴断鞋跟了,还崴伤了脚。这次偏偏还不在自己学校。

她是作为学生会文化部副部长来这个学生会商谈校园歌手大赛的事情的。

举目无亲的她猛然想到在这个学校读书的眉喜,她火速拨打电话。

眉喜很快出现,同时出现的,还有,藏马。

是,藏马,她对自己笑了,这许多年来,第一次遇到,这样俊美得像藏马一般的男子。

沉和背着微凉,微凉不由得贴着他厚实的背;眉喜在一旁拿着微凉的鞋子,心下颇有点觉得为奴为婢的意思。

其实,眉喜和别人都不计较,不知道为什么,和微凉,她不能不计较。她谨小慎微,心细如发。

沉和是愉快的,他单纯的思想里只认为他背负的女子是他女朋友的好朋友,他从来不知道命运会在他们之间斡旋出什么波澜。

微凉开始爱穿平底鞋。她开始爱好运动,她开始频繁往那个大学跑。她在教室的课堂上傻笑。她怀想着意思在春天樱花飘舞的道上,沉和背着她的情形。从来没有一个人,给她如此温柔的后背,如此贴心的滋味。她完全忘记了旁边的眉喜。

微凉致电沉和,周末陪我去动物园吧。

走过斑马,走过孔雀,走过熊猫,她扑去他身边,在他的脸上落下一个吻。

叶沉和,我喜欢你。叶沉和,我喜欢你。

穿平底圆头小皮鞋、花边领的 T 恤、紫色丝绒公主裙的微凉

在灿烂阳光里一步步倒退着走,笑靥如花地对着沉和一遍遍说。

妈妈只教会她如何获得男人,男人们对她的宠爱只教会她爱自己。她不曾懂得关心其他,这个世界,可以没有契约,没有公平,只有无穷无尽爱的自觉、力量和甜畅。

眉喜敏锐的直觉让她不可躲避地紧张。和沉和在一起的时候,每一次沉和的手机短信铃声响起,她必然从他兜里直接摸出来看。沉和总是容围她,没有怀疑过。

可是,眉喜的心里有鼓点在有节奏地敲打,越来越急促,越来越紧张,好像注定要发生什么。

那时,他们已经住在了一起。

眉喜躺在沉和的臂弯里,对沉和说:"哪怕你已经不爱我了,哪怕你已经爱着别人了,请不要告诉我,请欺骗我,请不要离开我。"

老师家的女儿,清贫古典的心,她的命运她的灵魂已经纠葛到他那里,她不能败,败则亡。

那天傍晚,沉和说,眉喜,我家人今天来看我,我得出去和他们吃饭,晚点回来。

他的手机很快就响起来了,是他母亲的电话。他吻吻她的额,离开家门。她目送他下楼梯,再回房间,安心地看动画片。他晚上 10 点多回来的。像往常一样拥她入眠。他说，妈妈要留他和他父母一起睡，他没有同意，不放心她，还是回来陪她了。

他玩笑，妈妈好可怜，只能和你抢一点我的时间了。

她乖觉，"以后多陪陪妈妈吧。晚点回来没有关系。"

他笑道，终归不可以不回来，吻她的唇，道晚安。

每个月底的周末，他的家人都会来省城看他。除此以外的生活，他安静甚至有些安详地陪在她身边。

一起自习，一起吃饭，一起运动，日子平静庸常。

同居的日子里，眉喜越来越像个小妇人，她越来越习惯，穿着平底鞋去菜场买菜；趿着拖鞋，在厨房仔细研究菜谱；赤着足，费力地擦高大落地窗上的灰尘。

她去超市买家用的东西，累了，坐在卖场的休息区休息；她的目光落在地面，面前来来去去各式的鞋子。

她忽然明白了关于高跟鞋和平底鞋的某种真相。穿高跟鞋的女人需要衬托起某种高度，坚强和韧度，她们是积极的，努力的姿态，时刻不敢放松，就像踏着高跟鞋时的状态；若不小心，可能摔得惨痛；她们的美丽需要张扬，渴求认可，她们是社会的女子。穿平底鞋的女子，对生活没有太多要求，她们是悠然的安静的自得的，她们已经被呵护得极好或者干脆沉沦平庸；她们是家常的女子。

　　她希望能这样一直穿着平底鞋,哪怕品尝一个平底鞋女子的生活艰辛,终还是有个温暖怀抱可以躲可以靠。

　　是QQ的聊天记录暴露了真相。那天,等他的百无聊赖里头,她好奇地开了他的QQ,看到他的聊天记录。知道他每月末的见面,除了家人,还有微凉。

　　她抬起头,泪水朦胧里头,仿佛看到夜晚,他急急地和父母告别,乘上的士,去往微凉学校的样子,风吹起他的头发,吹过他英俊善良的脸庞。他温柔的眼神,拂过飞快倒退的街景,期待一个见面。

　　沉和打开家门,他看到房间有一些不一样。他疾步进去,窗户打开着,风吹起绿纱的窗帘,旁边草绿沙发上,已没有他女友低头看书的身影。这个房间里还有她的甜蜜香气,Anna Sui 的 Secret Wish,雅芳炫亮香粉,甚至宝宝花露水的味道,但已经没有她的一点痕迹。

　　沉和只是没有能和眉喜说起,他只是像一般男子那样,不能抵御微凉那样的美貌和开朗性情;他和微凉,真的只是朋友,真的只有清白。

和微凉一起的时间,他更多是问起微凉有关眉喜中学时候的事情;他想知道,是什么把中学时候单纯明朗的少女眉喜变成今天郁郁寡欢的眉喜。

他不懂得,那时候,对刚刚经历人生变化的眉喜,对老师家的乖巧女儿眉喜来说,生命就是一场沉重,爱和身体都是沉重的。

眉喜在家中的二楼,夕阳只剩下云外的一道金边。深沉的夜就要到来了。她的泪水又一次蔓延开来。她的指尖,是一只柔嫩的蜗牛。

几年后,OFFICE 小姐眉喜常常去公司附近一家简餐厅吃饭。这里的服务生的制服是很漂亮的白衬衫,黑摆裙,白色花边小围裙,黑色蝴蝶领结。每个服务生小姐都踩着一双黑色的漂亮的高跟鞋。眉喜通常也都穿高跟鞋,各种颜色、式样,极尽精巧绚丽之能,她用 Anna Sui 的限量版 Dolly Girl – Ooh La Love,青春的愉悦前味,随之而来的是深具诱惑的异国花香,最后是高雅的琥珀、白麝香与雪松,更带来源源不绝的迷人能量。一如少女的成长。

一个穿平底鞋的女子走进店中,眉喜顺着那双平底鞋上面微微浮肿但不失曲线玲珑的小腿向上看去,那是一件宽松的鹅黄色

孕妇装。再向上,她看到那张许多年后依然少女般楚楚动人的脸。

"微凉。"眉喜轻轻喊道。

"眉喜。"

喊她的不是她,而是从玻璃门那边匆匆走来的他。

经过那许多年岁月的磨砺,他还是那个高大、洁净、纯善的男子。让眉喜觉得,一点也不后悔当年的倾情,她少年心事所寄托的,终归是一个值得的男子。

老师。

灰 姑 娘

因为春天年年回来;满月道过别又来访问,花儿每年回来在枝上红晕着脸,很可能我向你告别,只为要再回到你的身边。

——泰戈尔《吉檀迦利》

大四的恋人啊

叶细细抱着书包无所事事地坐在宿舍楼下大厅等潘盛。

旁边坐着一个等女朋友的男生,一张报纸翻来覆去有十几遍了,偶或目光往身边的叶细细身上溜一下;叶细细毫无羞色的大大的眼睛回盯着他,他的目光很快溜回去了。终于一个娇小的身

影出现了,两人相携出了楼。

然后,这儿只剩下叶细细一个人了,这是秋日早晨9点多,大多数人在课上,所以出没在宿舍的人很少。叶细细一个人,等她的男朋友潘盛过来。

叶细细反复把玩着自己的手机,银白机身很漂亮,橘色按键很漂亮,她反反复复把它放进粉红色手机套,再拿出来,再放进去。手机套上有两个身着结婚礼服的小人,共捧着一捧美丽的花,温馨浪漫的样子,

"我不要那么早结婚。起码到30岁。""干吗老是这样啊,受不了,我还不想那么早结婚呢。"叶细细面前浮现起潘盛那张不耐烦的脸。

叶细细想结婚。每天清晨起床,坐在雪白柔软的被褥上,阳光从身后的窗帘的缝隙清亮地透进来,她就会想到妈妈,然后,很想结婚;在她的感觉里,结婚就应该是这样的清晨,温柔、舒缓、洁净、充满希望。叶细细的人生愿望是如同妈妈一样,26岁之前找个顺眼的男人把自己嫁了,有个顺眼的家,养只顺眼的猫。

她大四,22岁,皮肤还很鲜嫩,可是她发现手背皮肤不可避免地有了衰老前兆的细纹,眼睑下有了让她生动的脸显得疲惫的细纹。她微微有点恐慌,她要用她有限的时间去找她可以嫁的顺眼男人了。

　　手机开始振动,她打开包侧面口袋的拉链去拿手机,却一不小心把银色拉环拉掉下来了。管理站的办公室就在她面前五步远,她只要走进去就能借到一只老虎钳把拉环再装到拉扣上,把扣口夹紧就可以了。

　　可是她没有动。因为她知道,手机响了,那潘盛也快要到了;反正潘盛可以帮自己搞定。

　　她想到去年冬天,她们院的劳动周她被分配到化学科学院的实验楼拖地。那栋楼的底楼有整间的用福尔马林浸泡的粉红色尸体,有整间的紫红色木制的有一个个小抽屉和小橱窗的陈列柜,里面放着名目古怪的药品和试剂,那种紫红色是适合鬼风阵阵的民国大宅院的紫红色,喑哑惆怅;走道永远是漫长而漆黑、漆黑而漫长,仿佛你打开灯一路走过去,就会有诡异的手悄悄而莫名地让一路的灯猛然熄灭,黑暗如魔鬼的怀抱一样包围你。第一天和叶细细搭班的周瑾有事没去,叶细细一个人过去的,叶细细拖完一楼的小厅,歇了口气去盥洗间洗完拖把,拖着沉重的拖把沿着一楼的走廊边跑边打开灯,刚刚打开最后一盏壁灯,回转身去,猛然看见那个阴沉脸的门卫正悄无声息地站在她面前,她发出了让那晚在实验楼做实验的化科院学生毕生难忘的惨叫声;后来,在校医院的急救室里,面对刚刚用酒精棉花球擦醒的、面无血色的叶细细,门卫叔叔连连道歉,说本来是预备去告诉她走廊可

以不拖的，一个小女生，要拖四层楼的大厅就够辛苦了。走廊就算了，反正白天有保洁员拖的。第二天听说此事的潘盛先是大笑特笑，说不怪人家门卫，只怪叶细细的想象力太丰富了。然而当天晚上，他则自觉自愿地出现在化科院的实验楼了。他创造了据说在那座楼最浪漫的清洁方式，他一手牵着叶细细的手，一手握着硕大的拖把，把实验楼的四层大厅连同走廊一处不落地拖干净了。整个一周的清洁都是潘盛以这种方式完成的，周瑾干脆连影子都没有出现，她说，啊，潘盛过来的啊，那就好了嘛，我就不去罗。当时周瑾正被热恋的烈火熊熊燃烧，和体育系的聂远一刻也不能分别。那时是冬天，晚上很冷，风暴戾得毫无道理。潘盛每晚要辛苦地步行 20 分钟从他所住的校外的住宿区赶来住在校内住宿区的叶细细的楼下接她，然后两人步行 10 分钟到化科院实验楼，打扫完了，步行 10 分钟送叶细细回宿舍，再步行 20 分钟回自己宿舍。叶细细想想觉得甜美，潘盛是最自我不过的人，可是他所有的好却都愿意给自己。

潘盛高大、英俊、心硬如铁；叶细细娇小、秀美、柔和若水；两个似乎不同星球的人就这么奇异地结合在一起了。

学 生 会

那是大一时候，N大美术学院的叶细细因为写得一手好毛笔字被校学生会主席团招聘进去当干事；刚刚去时叶细细还有些为大一就能进校学生会而暗自骄傲，并很认真地问周瑾干事是做什么的。但她后来就知道干事原来就是完完全全地做事，她陷入了一个巨大的"陷阱"。每周四是她值班的日子，一周的海报似乎都堆到这一晚等她写了。她每每站在案前，悬拿着那支不错的大号狼毫笔，直写到腰酸背疼，欲哭无泪。周瑾是叶细细的同班同学，同是美术学院书法班的大一新生；她那时就风光无限，因为她一个同乡是文化部的部长，所以她甫进学生会就荣登文化部副部长的位置。当叶细细在办公室里辛苦写字时候，她像一只花蝴蝶一样，在校学生会的每个办公室飞一圈。周瑾高且瘦，俏丽的狐狸脸，单眼皮的眼睛微微有些吊梢，尖而挺的鼻子，薄薄的唇。她的皮肤是亚洲人的黄色，偏好色彩鲜艳的衣服，出现在她身上最多的就是亮黄、橘红、烟紫、荧绿、粉红，好在是美院出身故不至于搭配得太惨不忍睹。她那时出现得最多的地方是主席团，明眼人都了解，那是因为潘盛的缘故。

　　潘盛在学生会很得人气，因为他是学生会最好看的男生，因为他在 N 大号称王牌学院的经济学院学企业管理，因为他成绩优异每年拿 A 等奖学金，因为他以大一新生的身份就凭借过人的能力和人气当选了本科部的学生会主席。

　　他的性格和处事方式早已基本形成，作风强硬，行事率利。他富于思想，性格爽朗；他心里冷清，目光犀利；他颇为敬业，所以经常去学生会办公楼，心仪他的女孩子也每每以此为根据地出没。

　　秋天的晚上，他通常在学生会一楼的各个办公室溜达一遍，看一下分配的各项任务和活动的进展情况；然后，他喜欢去二楼的晒台站会儿吹吹风。二楼是社团办公室。但是因为刚刚开学不久，社团活动还没有开展起来，学生会管理部也还没有排出值班表，所以二楼的房间都紧闭着门，漆黑一片。他喜欢这种黑暗和安静。他可以去晒台站会儿，一个人，不受打扰。有天，一个叫周瑾的、身上超过五种颜色像一只热带鱼一样鲜艳的女孩子跟上来过一次；他和她聊了几句就客气地请她下楼了，她不尴不尬地笑笑走了。她还是大一吧，虽然有些世故，但还没有成熟和犀利到收放自如。

　　主席团的主席助理庄亮把二楼学生会会报编辑部的钥匙给叶细细，告诉她那儿有张很大的桌子，笔墨俱齐，让她在那儿写海报,省得在楼下的主席团写又占地方又容易被干扰。其实叶细细知道庄亮是护着自己。她在楼下办公室写海报来来往往的人都看得到,谁都想来蹭个便宜;本来她只需要写主席团各项通知和活动的海报就行了,后来谁有海报都拎张大纸跑来说帮个忙,她几乎永远也写不到头。尤其是文化中心的周瑾,明明她与自己都是美院的,就从来看不到她动手;文化中心的活动偏偏多,海报尤其多,他们的干事写不完的周瑾就全抱过来给叶细细写了。庄亮看不过去,就让叶细细换个地方也好得个清净。

潘盛忽然发现东面最里面一间办公室的门开着,灯光匀净地洒在门口。他有些好奇地走过去看看。走到门口,他看见一个小女生正低头写字,面前是与娇小的她相比尤其庞大的桌子和纸张,她一笔悬握,姿态优游,长发低垂仿佛时时有碰到纸张的危险。他站了会儿,她感觉到他,抬起头,她似乎还沉浸在刚刚写字的状态里,表情淡定,目光澄净,但不一会眸子就灵动起来,闪现透明的天真。她有张秀丽的鹅蛋脸,脸有些圆圆的婴儿肥,白皙柔美。她看看他,笑了,米粒样的两个小酒窝,很可爱。

潘盛依稀记起她就是那个常常在周四晚上在主席团的角落的小桌子那儿奋笔疾书的女孩子;主席团常常是人来人往,煞是热闹,她兀自在角落总不大惹眼,常常可以看到的就是她长发披肩的娇小背影。印象里她常常穿粉红色的带帽的衣服。短 T 恤,

七分袖 T 恤,宽大的罩衫,都是粉红色。

潘盛和她闲聊了几句。大意无非说,你怎么不爱说话诸类。叶细细老老实实地告诉他是忙得没有时间说话。潘盛脸上的笑容即刻盛开了,觉得这个小巧女孩子的可爱,她不是那么漂亮的女孩子,可是每个细节都透着可爱。他尤其注意了她的手,她的白皙的手上缀着婴孩似的小小酒窝,让他忽然有一种想捏着这双手的冲动。

舞　会

潘盛终于拎了两大袋米站在宿舍门外作暗号似的向叶细细点点头,叶细细跑去接下东西。"不送上楼?""来不及了,我有课。先放在超市水果柜,我和阿姨熟。"

"哎哟,这是过日子啊。"水果阿姨叹道。叶细细笑笑道:"麻烦阿姨了。"叶细细其实很少买水果,但和超市里卖水果的阿姨熟稔不过是因为她长了张水果般甜美的脸,讨人欢心。也因这张脸,她办事顺利,人缘奇佳,就像那次舞会。

大一学期末学生会那次内部舞会,旋转出多少故事呢。

舞会是由文化部组织的。直接负责人是周瑾。她因为这次活动跑去主席团找潘盛不下十次,电话也频频往他宿舍打。潘盛清楚舞会不是多大的事情,也用不着向他汇报什么;潘盛从她的目光里看出心意,只是他是再聪明不过的人,总是玩笑来去,妙语连珠,不轻不重,不疏不近;他知道她是那种绝对活跃与有野心的女子,他谈不上讨厌,因为有个性有生存能力的女生他是欣赏的;但亦谈不上喜欢。就这样,舞会还没有开始,他和周瑾的《狐步舞》就跳起来了。她进他退,周旋自如。

　　舞会的很大一个问题就是舞伴,有男女朋友的自然可以带出来了,而没有男女朋友的就不免有些头疼。因为是学生会内部的舞会,因而那些单身的男男女女也只有在内部找找舞伴,这时候,有个人就忽然凸现出来,那就是叶细细,学生会几个部门的单身男生一串气,才很窘迫地发现他们中大部分人都曾去请过叶细细做舞伴。虽然结果都得到她满面羞容的回答,"不好意思啊,我有舞伴了"。综合一下为什么找叶细细,无不说她虽是娇小,却有一点也不逊色的修长的腿。再有,和这个女孩待在一起感觉很舒服。

　　周瑾自然是邀过潘盛,不过她不比那几个男生幸运,潘盛亦说:"我有舞伴了啊,你不早讲。跳舞时候我再邀请你跳几支就是了。"

　　周瑾恼羞之下喊了体科院那个一直对自己穷追不舍的高大的聂远作舞伴。

　　那天,华灯初上,霓虹迷离,着酒红色缎料露肩收腰圆摆舞裙的周瑾以为自己定然是那晚舞会的公主了。那条舞裙把她高挑匀称的身材勾勒得清晰无疑,轻盈的圆摆下露出修长圆润的腿。她就是要证明给潘盛看,让他知道自己错过的是什么。当潘盛穿着和平日没有什么差别的白色T恤和淡色牛仔裤,很不经意地一个人走进舞场的时候,周瑾惊讶了。潘盛在休息区的椅子那儿坐下了,虽然灯光迷离,但她仍然可以看出他很悠闲的样子,并不像在等什么人,一罐可乐拿在手中,喝几口,随便看看舞场上的人。周瑾即刻把背挺得笔直,让自己的舞步更轻盈,聂远也不愧是高手,虽然因为意中人在怀,过度兴奋,一脸傻笑,但两人的配合仍如行云流水,十分抢眼。周瑾相信,潘盛一定看到自己了。果然,几曲过后,周瑾和聂远刚刚下场休息,潘盛就过来和周瑾说:"下面一曲我陪你跳吧。答应过你啊。"周瑾矜持地点点头。但当音乐响起的时候,她却不禁懊恼万分,原来这一曲是恰恰,两人根本毫无肢体接触的机会。周瑾几乎是板着脸,满心想着是否跳完后自己邀请潘盛再跳一支舞。这样心神不宁地想着,跳的时候,在一排人中,不免前碰后撞,狼狈不堪。可是,偏偏也都没有摔倒,周瑾甚至想,摔倒也是好的,至少潘盛就会温柔地扶起自己。她正在梦想自己优美的下腰姿态,和潘盛及时地单手托住她那柔软的正在徐徐下坠的细腰那一动人时刻时,恰恰的舞曲结束了。她还没有回过神来,潘盛说了声"再见啊"就急急忙忙地消失了。她,身着华衣的她,无奈而辛酸地看到舞厅门口出现一个娇小的身影,她穿带帽子的T恤,背着书包,长头发直直地垂落在胸前,在灯影里有点胆怯的样子,站在门厅处四处张望;然后,潘盛就跑过去了,他接下她的书包放好,他领着穿着平底帆布鞋的她走进舞场,这时《月亮代表我的心》正在响起,他的手温柔挽上她纤细的腰,她有些笨拙地把手搭上他的肩,周瑾的梦想如被击中的玻璃球,砰然之下,支离破碎。

"对不起啊,我来晚了。刚刚在教室赶立体构成的作业,明天要交了,是算期末成绩的。我前一段时间忘记做了。不好意思啊。"叶细细语无伦次地解释。

潘盛笑笑:"至少我们还赶上了最后一支舞啊。你别讲话了,声音这样大,破坏人家的气氛。"叶细细这时才发现,周围的舞对无不依依相偎,款款深情。于是羞赧地低头下去。

"把头抬起来。"潘盛的一只手托起她的下巴,"你怎么总喜欢低头,没精打采的样子?"

潘盛想起自己那天在图书馆看见她抱着书,低着头,背着大书包,心不在焉地走路,差点直冲到他怀里的样子就想笑。不过如果不是那天在图书馆碰到她,或许也就不会邀她做自己舞伴了。他不是那种刻意地去找人家女孩子电话号码去约会人家的

人。碰到了，在一起了，他觉得很好。他托起她的下巴，她孩子气的软软的小巧饱满的唇就在他面前，一脸的无辜茫然。他不觉地手在她腰上更用力地抱紧了些。

　　这一曲终了，已经是9点了。舞会亦到此结束。潘盛拿过椅子上叶细细的背包，单挎在肩上，因为离去的人多，怕走散，他拉起她的手，步出舞厅。出了舞厅，叶细细不自觉地挣开了潘盛的手。两人往叶细细的宿舍走，叶细细微微叹了口气，有些没精打采的样子。"作业做好了，还烦什么啊?"潘盛笑问她。"今天，觉得很对不起你呢。"其实叶细细未免有些懊恼，作业又怎样呢，实在不行带回宿舍熬夜做就是了。在接受潘盛邀请的时候她是多么受宠若惊呢，刚刚和潘盛一起的舞蹈是多么幸福呢，却因为自己的迂腐给这快乐打了好大的折扣。"是不是嫌跳得不过瘾啊。"叶细细惊讶地抬头看潘盛。潘盛拉起她的手，来到道边的路灯下，然后他拿起叶细细的手放到自己肩上，挽上她的腰，"一打打，二打打"地打起拍子，他们的影子被路灯的灯光拖得悠长，像动画片中王子与公主的剪影，灰姑娘就是这样被王子拥起起舞的么? 叶细细目光有些迷离地看着自己面前这个男子，从未如此接近过的这个男孩子，她一直敬他为学长，钦佩他，现在，她的心绪在微凉的初秋的风中微微动荡、飘摇，关于爱情的空气氤氲开来，包围着她。深蓝天幕上闪烁着小学语文书上写的钻石一样的璀璨的星星,这是最美丽的舞会的灯光。他们一径地这样舞着,不知道过了多久,也不管身边路过的人的惊诧目光。直到,路灯忽然熄灭。他们知道,按学校的作息时间,已经10点了。潘盛松开叶细细,揉揉她的头发,"跳够了吧,这回满意了吧,小舞痴。"叶细细低头,红晕已经飞满了脸颊。潘盛拎起地上叶细细的背包,这样,两人优游地在满天星光下、树影婆娑中回去了。

天　真

　　周瑾在第二天的课上,看到叶细细不能自禁地时常浮现起恍惚的笑容,百般滋味涌向心头;后来学生会改组,所有的宣传工作人员被划入文化部,直属周瑾管理。几次例会,周瑾故意不通知叶细细;按照三次不到会就自动除名的规矩,她某天就很无辜地去找叶细细叫她以后不用去学生会了。"他们人手多了,说要裁员。这样你就轻松了。"她薄薄的嘴角飘着一丝有意无意的笑容道,关于爱情的争夺总是让女子变得心硬,她不信自己比不过叶细细。叶细细心中其实暗自松口气,但又升起一些惆怅。自舞会后,潘盛再也没有联系过自己,两人也没有碰过面。本来在学生会,或多或少还可以看见他,现在,大概也没有机会了。"他或许只当自己是个单纯舞伴罢了,何必想那么多。"叶细细打消自己

的念头,淡淡笑对周瑾说:"我知道了。"

叶细细是平淡如水地长大的女孩子,一帆风顺,没有特别想要而得不到之物,也不懂得争取;心事与惆怅也都只是淡淡的。这样过了一个多月,冬天到了,叶细细依然如往,日子平顺;她穿粉红色棉衣,上面绣着水红色的小小的玫瑰;头发烫成起起伏伏的卷发,添了些许女孩子的妩媚。一天晚上,潘盛忽然打电话过来找叶细细,说"明天有空吗,我请你吃晚饭,""啊?""吃晚饭啊,有空吗? 没空就算了。""有的。""那好,我明晚五点半在你宿舍楼下等你。去哪儿你决定。我负责买单。""哦。"

挂了电话,叶细细坐在床沿,愣了好一会儿。

第二天晚上,两人在学校东门附近一家叫做"逝水年华"的西餐馆吃的饭。潘盛依然是热热闹闹地和叶细细说话,她就睁大着眼睛,扑闪着睫毛听他说话,表情有些游离,常常被他在头顶打一记唤回神来。饭近尾声,潘盛取出个红色的长条盒子,说我要送你件东西。叶细细疑惑地打开盒子,见是块女表。式样很简单,粉红色的牛仔表带。

"我送你这只表,想告诉你的是⋯⋯"潘盛顿了顿,认认真真地看着叶细细的盈盈若水的眸子,"我想把我以后的时间送给你,你愿意要么?"

"你要么?"叶细细听到这话,有些傻傻地看着潘盛。眼睛就盈盈地泛上了泪光。我想要,我真的想要,我不知道在哪个刹那已经爱上你。我只是不知道,我原来可以要!

叶细细是典型的小家碧玉。对自己的身份清清楚楚,不做不切实际的梦。她从小不对任何东西抱过分的期望。小时候,父母会给自己买玩具。她从来不要求那些看起来很精致的但又很昂贵的洋娃娃。她要那些笨笨的但也够可爱的长毛绒玩具,且总会保管得很好。她的玩具总比别的小孩的要坏得晚。她家里还有一个存放她小时候玩具的筐子,打开就可以看到……那些跟随她很多年,虽然微微破损,但相当清洁,收藏得整整齐齐的一件件玩具。

她乖巧地长大,像所有的小家碧玉一样性情温润心思细密;在逐渐成长成一个清秀少女的年纪,她没有做过罗曼蒂克的梦,没有想过王子骑白马来迎接她,她切切实实地想找一个真真切切对她好的好男人,娶了她,照顾她。

叶细细知道潘盛是好的男人,知道他很优秀,所以会喜欢上他。这种想法天真而世故。

但是世事的真相是永远不会天真的。

叶细细是在他对她逐渐交心的时候,在他的迥于常态的沉静叙述中知道,他来自一个北方的小县城贫寒的家庭,他考上南方N大的那年恰好父母双双下岗,恰在那时就出现了一个其实没有

姻亲关系的伯父,他是当地的一个有地位的官僚,他给了他父母双方新的工作,他给了他大学学费;末了,他还说了他伯父有个很宠爱的女儿,他喊他伯父的女儿叫妹妹。

叶细细是从最后那轻描淡写的一句里头猜到事情没有那么简单的。

当他如鱼得水地生活在气候温润的南方城市 N 城的时候,他不能摆脱北方小县城的带着阴冷寒气的深重阴影。他认真地在学生会工作,未至大二就被升至主席的位置;他成绩优异,因为他知道优秀的学生干部可以被留校,他不想回去那个北方县城。

当潘盛的话语如水流般平静淌出时,叶细细也知道自己已经随着水流流走,离开这个面前的好男人越来越远了。小家里巷的女人智慧让她看到潘盛宿命的最终选择会是什么。

他和她,都是好的,是优秀的,是讨人喜欢的;但他们背景是单薄的、脆弱的,他们只能以自己的好来换取更好。他们彼此支撑不了对方,那些现实的因子让他们其实不应该彼此喜欢。

可叶细细的好处在,她恰到好处的聪明,恰倒好处地该说的说不该说的不说。

她知道她和潘盛可以成就完美的校园爱情。也许这就够了。

我春天花粉过敏

"在干嘛？"

"写故事。"

"受不了，这个破戴尔总有一天被你玩散架了。整天抱着敲字。"

"你管不着，我喜欢，反正你又不要和我结婚。我自己敲字，养自己！"

"不得了了，几天不管你，你反了啊？"

说着潘盛的魔爪伸过来了。叶细细嘻嘻笑着："不许，不许痒我，否则我的戴尔真的要呆了！"

——叶细细大四某个阳光煦暖的冬日午后和男友潘盛在学校草坪的对话

"王子是怎么出现的？"

"骑着白马，穿着戎装，气宇轩昂，从铺满金色落叶的悬铃木大道那头英俊不凡地到来。"

"哈哈，我才不信什么王子呢！哈哈，笑死人了！"

"细细，你没有看这次的胡润版中国富豪榜么，有个人，22

岁,那就是王子啊。"

　　——叶细细的死党大米与叶细细的一段对话

　　"你是第几次去苏州了！再去聂远他不愿意见你还是没有用的！人总要为自己想想！你还嘟囔,你背着聂远和那个油头粉面的小子出去一两回就叫为自己想了？他和聂远有什么区别？……哭什么啊,别哭啊。我说说罢了,还不是为你不值得,为你气？……不要哭了,哭得我都要哭了。我们总可以遇见好男人的。真的,一定可以遇见的……"

　　——在四年的时光里不打不相识的而逐渐成为好朋友的叶细细和周瑾在大四冬天的一段对话。

　　"老公。我们的爱情一定是 N 大最好的。"

　　"嗯,细细,能和你在一起是我最大的幸福！和你在一起越久我越喜欢你！"

　　"老公,我们已经有最好的爱情了。我们永远在一起,好不好？""会的！我永远不会离开你！我喜欢你！""老公……"

　　"嗯？"

　　"我们结婚好不好？"

　　"……"

——大四的圣诞节,潘盛没有买花。叶细细悄悄打开管理站没有锁好的窗户,把窗边的花瓶里插的一捧鲜花偷出来,然后,拉起潘盛的手,转身飞快地跑,黑黑的长发在冬天夜晚的风里,飘扬起来。

他们来到草坪,有了上面这段对话。

在这段对话结束后,两人各自黯然地回宿舍。再半小时后,梁帆出现在叶细细的宿舍楼下:

"我老实,可靠,大学本科,即将毕业,微软认证,前途灿烂;我家世清白,家境优裕;我已达法定结婚年龄,那,身份证可以作证;我身高一米八三,身体健康,五官端正,那,你看得到的,而且无不良嗜好;最重要的是,叶细细,我喜欢你!我对你的感情就像这捧百合一样纯洁,自从在图书馆里遇到你,我就发誓,我一定要娶到你。我要养你一辈子!"

——大四的圣诞节梁帆对叶细细的真情告白

新年到来了。叶细细粉红色的笑容在为梁帆绽开。她觉得自己和梁帆是没有童话的,不过也无所谓,反正大四不需要童话,反正梁帆很喜欢她,反正有一所漂亮房子等她去做女主人,反正有一个很爱她的未来老公死心塌地地要养她。

叶细细知道自己最好的童话都给了潘盛,最好的童话都属于

潘盛。叶细细不怪潘盛也不怪自己,她知道有些事情是注定的。不是和谁跳过了最美的舞,谁保管了她青春恋情的水晶鞋,还有那些关于忧伤、关于快乐、关于惆怅、关于心动的秘密,她就能做谁的灰姑娘,谁就是她的王子。童话在现实的叙述里总是面目苍白,语焉不详,指向好像迷宫一样的人生迷途的岔道口。

也许灰姑娘的王子也像阿拉伯人一样裹着头巾,从沙漠的风沙后头走来,谁牵着她的手走向绿洲,谁就是那个王子;谁的手温暖热切地给她勇气和力量、给她光明的若人生盛宴的婚姻,谁就是灰姑娘的王子了。

"因为春天年年回来,满月道过别又来访问,花儿每年回来在枝上红晕着脸,很可能我向你告别,只为要再回到你的身边。"

也许我不再回来,也许我离开,是成全你,对不起,我始终只是一个灰姑娘,而不能是公主。让公主赐予你王子的荣耀,而让王子赐予我宁静安详的幸福吧。

大四寒假过后的春天,眼看着潘盛领着新女友,那个终于隆重登场的,有公主般骄傲姿态的传说中的妹妹,在校园张扬而过时,叶细细的眼泪盈盈地滑落下来,梁帆关切地问:"老婆,怎么了?"

"我春天花粉过敏。"

我们在春天里
永恒寂寞

　　引发余重心事的是,那日同事一起喝酒时候他们的一段调侃。

　　余重是 C 城师范学校的讲师,40 岁,家中有一个老婆,一个儿子,一条狗,C 城乡下的老家还有一个老母亲。

　　与余重同一批进师大的老师都陆续升了副教授、教授了,只有他还原地踏步。不是他不会筹谋,只不过他有点不务正业。他思想是比较活络的,很早就下海了。当年平日一毛不拔的丈人因为只有余重老婆这一个宝贝女儿,咬咬牙一下子给出了 10 万(这在当年不算小数目了)给余重做资金,余重就下海了。

　　余重的生意做得不好也不坏,但总会有进项,日积月累也就

有不小的数额了。在不大也不小的 C 城他们家过的是中上阶层的生活,房子换了跃层式的大套,老婆养在家里打牌逛街养狗,儿子送去了寄宿制的贵族学校,还雇了个阿姨隔天来做饭,打扫卫生。日子算是很滋润了。

余重一直不愿意完全放弃教职,是出于一种浅薄的虚荣,觉得教师好歹算是文化人,而完全的商人太俗气。

余重自我感觉也比较好,觉得自己天生长得就是文化人的样子。他面孔白净,身形偏文弱,落发很厉害所以头发有些稀少,这本是他最大的苦恼,可当他知道稀发也是日本当下流行的作家村上春树的特征时,忽然就释然很多了。余重很有些古典主义的审美倾向,保留旧式文人的一点爱好,多少也喜欢柔弱甚至病态的女子以增添一点怜香惜玉的心情;偏偏老婆就有些脱离他的趣味,好些年的养尊处优让她体形丰满得有点过了,而且动辄麻将经,让有时想风雅一把的余重很是感觉不对味。

时日久长,余重总觉得是有点寂寞的。

余重的脾性很好,大家是公认的,尤其那些女学生们是公认的,他教的课程的分数总是更好拿一点,更高一点。

余重其实又是个小心谨慎的人,早年乡下的艰苦生活让他对贫穷的感受至深,而且很受乡下人思想里那套人言可畏的论调的影响,常常觉得人生来要被说,还是小心为好。所以多年来,倒也是中规中矩,没有出什么事端。

余重以为日子也就该这样平静无波的。

引发余重心事的是,那日,和一群年轻同事在 C 城一个酒吧喝酒。他们谈东说西,就谈到了当下被说得很热的一个高龄名人与一个年轻女硕士结婚的事情。当时一伙人中,余重算是年龄最大的了,他们就玩笑道:"余老师,你要是有什么喜欢的人可要加紧呐,别等到以后力不从心了。"

余重老实地笑笑。白净的面孔上一抹红,不知道是喝多了,还是真的害臊了。

这时有个人却硬生生跳到余重的脑里了,这一跳,就大大颠簸了一下余重平静的生活。

这个跳到余重脑里的女子叫罗小蛮。罗小蛮人如其名的不是其野蛮女友的性格,而是其小蛮腰。她第一次出现在余重的面前是着一件宽大无比的系庆文化衫,但是,余重以男人的直觉从她的几个动作以后就敏锐地猜想到她文化衫里头那不可多见的圆圆的一尺七八的小蛮腰,着实心动了一把。罗小蛮长着孩子气的粉圆天真的脸,大眼睛,天真的粉红色嘴唇的色泽容易让人蠢蠢欲动。那日,是中文系系庆活动,罗小蛮被分配到办公室帮忙,和另一个女生搭档,两人有说有笑。一直在一旁收传真的余重也没有多话,眼睛就是转悠转悠一直没有离开过罗小蛮,她的小蛮腰和相比之下尤其美好的胸部,虽然这些都隐藏到文化衫下。唯一脱离余重老师古典、传统趣味的是,罗小蛮是典型的 20 世纪 80 年代后女生,发育得很好,个子有 1.65 米往上,让不足 1.70 米的余重老师觉得有点高了。

这后来,本也就是没有什么了,可上天安排的另一次碰面,让余重深刻地记住了罗小蛮。那是初春,系团委搞的一活动,让一群老师和学生干部去郊外踏青。空调大巴上,余重老师刚刚找好位置,放好包,调整好姿态,预备美美地睡上一觉,补一补前一天晚上陪老婆和她的牌友们一整夜的劳神,一群女生唧唧喳喳地上来了。两个女生边说话边在余重前面的位置落座了,一个身影晃过的时候,余重老师的某根神经被即刻触动。小蛮腰!她这次穿的是有腰身的春装小棉衣,很清晰地勾勒出她美好的腰身,长头发扎了个清爽的马尾,虽然没有看到正面,他敢确定就是那个女生了。他起身装作从行李包里取东西,目光就瞥向了前面已经坐下的两个女生,想证实一下。但是最先印入他眼帘的却是她低着头的脖颈后面露出的羊脂玉一般的一片雪白,他先怔了。虽然还是很多人穿高领的时候,她已经早早地换上了衬衫,那一片雪白让余重老师站在那边有两分钟之久。直到被一要往内走的老师推动了一下。余重老师一直在后面的位置,在汽车行驶中的噪音里努力听前面两个女生的对话,精神振奋,毫无倦意,唯一可恶

的是在他身边睡得正欢的另一个老师愉快而有节奏的鼾声。汽车行至加油站的时候停下来了,他终于完整地听到了她们的一段对话:

"你去厕所么?"

"我不去,你呢?"

"我也不去,太冷了。"

"是啊,老师发神经,这么冷的天郊什么游啊。"

"立春都过了怎么还这么冷,我昨天晚上睡觉就听到外面呼呼刮的风,我就想,那些我们在学校附近看到的,住在外面的路边和天桥下面的要饭的人,该怎么办啊?"

这最后一句就是余重老师一直很关注的罗小蛮同学说的。余重立刻肯定了自己对这个女生的好感,不仅容貌身材好,心又是很善良。这是他对她的总体印象。

上天不辜负余重的就是,一个礼拜后新学期的课程正式开始时,他发现自己被安排给罗小蛮她们班上应用文写作课。他就发现罗小蛮是个爱逃课的女生,常常看不到她人,每次他去给她们班上课时都带着一种希望和憧憬,若罗小蛮来上课了,他的课会上得精神饱满,尽管他常常看着她的脸就会神游天外,但一点也不影响那种亢奋的状态,若罗小蛮没有来上课,他几乎是把课糊弄过去,有气无力,心不在焉地上完就走人。为了找到和她接触

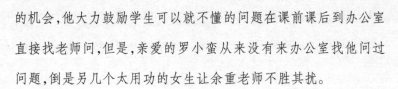

的机会,他大力鼓励学生可以就不懂的问题在课前课后到办公室直接找老师问,但是,亲爱的罗小蛮从来没有来办公室找他问过问题,倒是另几个太用功的女生让余重老师不胜其扰。

真正让自己有机会和罗小蛮正式接触的却要归功于他的宝贝儿子。那天,儿子周末放假回来,照例带了好朋友到家里来玩,但是,在圆头圆脑的儿子和圆头圆脑的他的好朋友大头进门后,接着探进门来的粉圆脸蛋的罗小蛮却让她的老师大吃一惊,心跳急剧加速。她看到他的时候也愣了下,但很快大方地招呼道:"余老师好。"

余重这才知道罗小蛮是大头的全陪老师。所谓全陪,也只有像大头父母那种忙得实在不见人影的人才能想出来,就是负责每个月末把儿子大头从贵族学校接出来开始,陪他玩,陪他做功课,陪他吃饭,直到把他再送回学校为止。

余重有点心疼罗小蛮:"你缺钱么?"

"不,"她很好看地咧嘴一笑,"我喜欢和小孩子一起,可自己又没有啊。"

到底是隔了差不多一代的人,余重有时觉得自己和罗小蛮完全不是一个思维方式,可是还是忍不住地被她吸引。

从此后,余重几乎每周就有这样一次见罗小蛮的机会。当他儿子和大头在他儿子房间玩得开心的时候,罗小蛮一般在余重二楼的书房看书。余重用钱布置的三面依墙而立的、由天花板到地板的书架组合的大型豪华书房，平时是用来落灰的。罗小蛮喜欢坐在宽大的窗台上看书，她看书的时候就极其安静，周身笼罩了一层平日不大被发现的古典的气质。白纱的窗帘有时微微飘动，窗外的树木随着春天的深入格外葱绿起来，一个美丽的年轻的女孩子坐在那儿安静地看书。余重常常在书房门边悄悄地注视着她，觉得自己的心都快醉了。

余重总是很殷勤地不断送水果和点心上楼，可是，罗小蛮有点不大爱搭理人的样子，可能看书看到入迷都会这样的。怕她嫌烦，余重也不敢和她多搭话。所以虽然在同一个屋子里，说话的机会都是很少的。

罗小蛮给余重的，是一种总是碰不到的感觉，不管是思想，还是身体。余重想，哪怕有一方面碰到也是好的。当你对一样东西期待太久的时候，这种渴望得到的欲望就会变得强烈而有点不择手段了。

同事的这段调侃让余重觉得自己和罗小蛮的故事可以有个开始。

他很快开始行动了。他先以他商人的大脑进行了周详的安排。那天中午，阳光很好，暮春的温暖的风舒服而挑逗地拂过人的脸，他走出花园国际大酒店的旋转门，一张房卡在手里紧紧攥着,手心攥出了汗。

春天就要过去了。余重老师不想错过。

下午,他打罗小蛮的手机,说想请她晚上吃饭,谈谈他儿子的问题,觉得她带大头这么久了大概比较有经验。罗小蛮爽快地答应了。

当晚,他带着她去了一家私人会所吃所谓的私房菜,那是 C城向上海模仿的最新潮流,价格不菲。老婆曾几次和他说想去尝尝鲜,他都推托着说下次去。吃饭的时候,小女孩说得很开心,让余重纳闷,她是不是和谁都有话说,余重有着心事又掩饰得当,总是含糊着也没有说多少。小明炉的火终于熄灭时,这顿在余重看来吃得太漫长的饭终于结束了。

吃完饭,罗小蛮很满意的样子,说:"谢谢老师赏饭。"

余重一下子把原本准备好的台词忘记得一干二净,因为紧张,怕她的下句话会是"老师再见"。

他急忙地结结巴巴地说:"我们去酒吧坐坐怎么样,现在还早啊,而且你没有去过吧。带你见识下。"

罗小蛮完全不设防地答应了,也许在她眼里,他就是爸爸那类的人物。

在酒吧坐下后,他们都脱了外套。罗小蛮穿的是一件橙红色的毛衣,线条优美,这种颜色只有她这样年轻而美貌的女子才敢

穿并穿得好看。罗小蛮很认真地和他说："老师,我不会喝酒的,一点都不行的。喝橙汁行不?"余重有点沮丧,但又不好否决她,就说:"好吧。"这时服务生来了,他说:"两瓶百威,一瓶橙汁。"这时,服务生笑道:"我们不提供饮料啊,只有酒。"余重顿时心花怒放,想:真是天助我也。他对小蛮说:"少喝点,好吧?没有喝过,才要试试看么,说不定你很能喝呢。"她到底年轻,好奇心很快占了上风,就点头答应了。余重先要了 5 瓶百威。说,老师喝 4 瓶,你先喝一瓶好吧。服务生很快送上了酒和小杯子。这时正是近 10 点,酒吧气氛最浓的时候,昏暗而闪烁的灯光里,大厅里面的各个台子上要么是一帮人喝得群情激奋,要么是两个人喝得缠绵。小蛮很快被这种气氛感染了,大眼睛扑闪着,发出跃跃欲试的光芒。他倒上酒,第一杯,她居然拿起来一口气喝掉了。他父性的光辉不由立刻升起,说:"你怎么能这样喝呢,要慢慢喝。"虽然他心里知道她这样快喝更容易醉而达到他的目的,但心先软了。她笑笑说:"老师,我想先尝尝酒是什么味道的,先适应一下。"接着,她又咕咚咕咚喝下一杯,评论道:"味道不重么,而且没什么感觉啊。就是不好喝。"他笑道:"能喝就好。那我们就慢慢喝吧。"心里却想:"这个傻女孩子,怎么知道酒劲在后头。"

　　大厅前面的舞台有人上去唱歌了。是个盲人歌手,唱的都是老歌,什么万水千山总是情,什么读你千遍也不倦。罗小蛮边很

豪放地喝酒,边兴致很高地大声说自己最喜欢老歌了,这些都是自己喜欢的歌。一首歌完,全场只有她一个人在大声鼓掌。然后歇下来说:"哎呀,手心都拍疼了。"他鼓起勇气,一把捉住她的手,说:"我替你揉揉。"她目光迷离地看着他一笑,说:"谢谢老师。"他这才发现,她已经有点醉了。两颊飞上了淡淡的红。他有点内心斗争,但依然不动声色地陪她喝酒。虽然事情在按他预计的发展,他却多少有点良心不安。他回味着与她手的触感,那是一只年轻的、皮肤细腻的、柔软的、不设防的手,在他抚摩她的手的时候,她的手甚至无意识地轻轻地似乎是回报和安慰地抚摩一下他的手。手心里似乎就传达了一份信赖和依恋。他甚至在想:我在做什么荒唐事呢?这辈子可没做过亏心事啊。但是,那种细腻的感官感受,她周身的迷人的气息又让他不可抑制地生理冲动着,他不动声色地微笑着继续给她倒酒。她的一瓶酒已经喝完了,他在给她倒第二瓶里的酒了。就这样,她不断地喝,他不断地给她倒酒,她不断地鼓掌,他不断地抚摩她的手,后来,时间越来越长,她的手就完全在他的手掌里了。

她已经越来越醉了。上身不听使唤地左摇右晃,不自觉地往桌子上、椅背上靠,她喃喃地说:"老师,我不行了,我真的不能喝了。"她醉的样子真漂亮,两颊绯红,长长的卷发蓬松地散在脸蛋旁边,眼神越发迷离,有种和年龄不相称的成熟妩媚。他罪恶的思想很快占了上风，似乎是一种胜利到来前的激动。他不断地说："来，再喝一点，喝完我们就走了。"就这样，又灌下她半瓶酒。

她忽然坐直身体，好像清醒过来一样，说："老师，几点了？我们得走了。"十点半必须走。她居然还能清醒地把手机拿出来看时间，然后说："10 点 25 分了，走吧。"说完，就起身穿衣服了。

这几乎让余重费解和沮丧地要哭了。但是，只见她刚刚站起身，就一个趔趄，倒下了。她大概头脑片段能清醒一下，身体是完全不受控制了。

他扶着她出了酒吧门。说："我们打车走吧。"她居然说："不，给风吹吹我就清醒了。让我走回去学校吧。老师，你走吧。"他不能不佩服这是个内心意志很强的女孩子，他知道她醉了。但她的理智还强有力地想支配自己的行为。他说："我一定要送你的。我陪你走吧。"

他一路扶着她，她几度要挣脱他，说可以自己走，她确实可以自己走，如果只是走路的话，但如果一旦停下来，她根本无法站稳，就会软下来。他看出来这个，于是任由她走，然后，忽然喊停她，她会立刻身体摇摇欲倒，他就如愿以偿地上前抱住她，第一次抱到她的时候，他觉得人生无憾了。他紧紧地抱着她，感觉着她的发香，用手臂环抱着她的一尺七八的小蛮腰。

终于上了出租车，她上车后就靠着椅背，似乎眼睛再也睁不

开了。可是,最乌龙的事情发生了。还没等余重悄悄告诉司机开到花园国际大酒店,那个明明醉得一塌糊涂的女生,忽然直起身体,很清醒地和司机说:"麻烦你开到师范大学大门,谢谢。"

余重几乎要吐血,一晚的安排就此泡汤,这里离师范大学只有五六分钟的车程了。

他看着旁边这个靠躺着后座背,合着眼睛,完全醉了的女孩子,思维快速地旋转,他不想这个美好的春天夜晚就这样结束。他把手臂探伸到她颈后,让她睡到自己的臂弯里,这个让他迷恋许久的女孩子终于完全在他的怀抱里了,但是。他只有 5 分钟了。

他毫不犹豫地吻上了她似乎还没有被人侵犯过的粉嫩的嘴唇,在她完全不设防的情况下,在她没有反应过来之前,迅速地把舌头探进了她的嘴巴,感觉到了让他销魂的她湿润柔软的舌。

她立刻推开了她,似乎意识到了什么,呼吸很急促,身体有点颤抖。

余重怜惜地低声说:"不要怕,对不起。老师是实在控制不了自己。"

她没有说话,只是颤抖着,目光很呆滞地停在前面的车座后背。

余重已经不知道说什么了,只好看着她。刚刚的美好感觉似乎还在嘴边,按他的内心,他想再按下她亲吻一百次,一千次;可是,他已经完全不敢再做什么了。

很快师范大学到了。司机懒洋洋地说下车。

他和她说:"我送你到宿舍吧。"

她有力地坚决地摇头,然后径自下车了。

她关车门的时候,他分明看到她脸上两串清亮的泪珠。

他心里忽然揪起来一样地疼起来。

他想起来,他刚把她抱在他臂弯时候,她像小猫对主人,又像女儿对父亲一样,信赖而依恋地在他的脖颈处蹭了蹭,再蹭了蹭,乖觉到让人心动。

他忽然觉得自己真不是个东西。

女孩子很快走进了校门。他转头和司机说:"继续开到花园国际大酒店。"

他进了那个豪华的双人间,那一夜,他居然睡得很甜很香,好像42年来从来没有睡过这样好的觉。

第二天十点多,他走出宾馆旋转门,阳光依然很好,风很和煦轻柔,他从阳光的热度和树木的翠绿中猜想:春天快要过去了。

暗夜忧伤

那天下午的 5 点 10 分,莫小冉正在厨房切土豆丝。刀很锋利,她仔细而小心。她刚刚从冗长的午睡中醒来,头还有些胀胀的疼。她感到天色在明显地暗下来,便打开了厨房的顶灯。从 22 楼的窗户向外看,一片苍茫,天色混沌,雨将要降临。她洗干净手,回到客厅,拿起无绳电话,拨起了男友的号码。

"还在公司么,快要下雨,回来时候小心点。"

"知道了。在家好好等我。"

"嗯,那我挂了。"

这个时候,刘小洁正在焦虑地等公交车回去,她没有带伞,生怕淋到。周围还有很多和她一样焦虑的人。车好容易来了,在人潮里,她被卷上公交车。车厢塞满了人,她已经无暇顾及和周围

的人身体的碰撞了。她努力站好，抓好扶手。车门关上，车开动了，在车厢的摇晃中，她才慢慢地放松了精神。

很快，雨就来了。豆大的雨滴打在公交车上。公交车像这个城市的鱼，在亮起的街灯中穿梭。街景在雨水迷蒙的车窗后显得那么不真切。

小洁与小冉是大学时候的上下铺，关系很好，虽然两人是截然不同的两种女子。

乍看，小洁和小冉有那么些相似，都是长头发、大眼睛、小尖脸，可是小冉五官精致，眼神妩媚，气质悠游；小洁只能说眉目端正，并且不太会打扮，气质上更有些怯懦的味道。一个明显区别就是小冉终年长发飘飘而小洁始终绑着简单规矩的马尾。大学里面，两人的差别就有些大开来。

大学四年，小冉一直是系花，诸多男生的梦中情人，而小洁始终是个普通女生，在人群里面从来不会引起人太多的注意。

可是小冉和小洁的关系却很好。大学四年里，小洁分享了小冉的感情故事，曾在小冉最落寞的时候把喝醉的小冉背上六楼的宿舍，曾替殷勤的男生给小冉递送过无数的情书、鲜花和礼物，曾陪小冉参加奢华的盛宴和舞会，在小冉是主角的地方她从没有一点不快。小洁喜欢小冉，小冉也喜欢小洁，女人的友谊有时毫无缘由却柔韧坚贞,充满彼此疼惜的温存意味。

　　小洁也有过自己的恋爱,第一个男友是物理系一个短小精悍的男生,她从成为他女友那天就成了他诸多小兄弟的大嫂,她最终被他频繁的战事弄得心惊胆战,后来选择避而不见,好在后来友好分手。第二个男朋友是一个初中男同学。两人做了很多年朋友,一次他来她所在大学城市玩的时候,两人看了一夜电影,一时意乱情迷就成了男女朋友;其实,从开始彼此内心就有些小小尴尬,后来两人异地也通了不少电话,感情最好的时候,每天都有两三个小时的长途电话要说;再后来就无疾而终了。这两次分手,小洁都没有太难过。她的恋爱,过程和结束都很普通。她常常想,大概只有小冉那样的女孩才注定会经历跌宕深刻的爱情。

　　大学的四年,她们紧紧系在一起。大四的时候,情况稍微有了变化,小冉经常整天不在宿舍甚至不在学校,每天妆容精致地出门,很晚回来,回来宿舍倒头就睡。但是不管多晚小冉都会回来,每每临睡前躺在床上,每次都说"小洁,我有话和你说",然后,没说上几句,就沉沉睡去了。小洁清楚,小冉其实是很自律、聪明和谨慎的人,她一定有自己的规划和打算并且正在实行。小洁也开始懵懂地想想未来,开始试着去考一些证,试着投出简历,在一份份简历石沉大海后,她也渐渐明白自己是多么平凡的一个女大学生,就有些失落;但是她又是慢性情的人,竟也不见太着

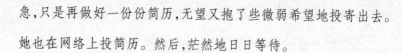

急，只是再做好一份份简历，无望又抱了些微弱希望地投寄出去。她也在网络上投简历。然后，茫然地日日等待。

毕业的日子，来得非常快。

毕业前一天，小冉去院里提前取了毕业证书和学位证书，一辆蓝鸟载了她所有的生活用品，她预备彻底离开这个学校了。离开前，小冉为找小洁找了整整一层楼的宿舍，后来才听人小洁那天去参加某公司的面试去了。

小冉有些怅然，又十分从容地欠身坐进车中，车在校园宽阔的道路上缓缓行驶，她隔着车窗淡然地看着窗外，眼神里有清晰的决断：那些曾经的繁花似锦，碧茵连天，那些过往的情深意重，相知相许，那些曾经发生的有关爱情、欢乐和悲伤的地点，于此时的她，已经无关痛痒。她过早或者恰到好处地成长或成熟了。

她已经为自己安排好了稳妥的将来。

开车载着她的，是她择好的良人。她已经在半年的时间里，凭她秀美的外貌，得体的言行，清白的家世，赢得了他整个家族的心，并安排好了婚期。他的父母刚为他们购的一栋湖景别墅正在装修中，大概还有一段时间才可以完工入住。他们又不想在入住前和他父母住，就在高层公寓租好两室一厅，这天，他们就是搬过去的。

小冉在仔细考虑和选择后，冷静地迎接来了自己的新生活。

她不过是个会些算计但不缺乏对生活真诚的女孩。她喜欢男友，尊重他的智慧和财富，也感激他能为自己提供毋庸烦恼的生活。当然，这一切，是她靠自己智慧和魅力获得的。小冉精心为自己将开始的同居生活打算设计，她希望生活按她的蓝图一切完美，她希望牢靠地留住身边这个优秀的男人，巩固自己在这个家族的位置。在这些杂着尝试、勇气和多思里头，她无暇去想到小洁，去联系和她在同一城市的小洁。

大学毕业后，小洁坚定地选择了留在自己读大学的容城，也迎来了自己混乱的迈向社会之初的生活，在这些混乱和困顿里，她也无暇去想到小冉，去联系和她在同一城市的小冉。

容城酷烈的夏天在到来。

在开着冷气清凉的室内，小冉常常端一杯冰水坐在卧室的落地窗前无目的地漫视着楼下容城的人们行走的身影。酷热让他们疲倦、抱怨、脾性急躁，她不会想到这些人中就有她亲爱的小洁。到四点多的时候，她准时去厨房开始准备晚餐，五点半，当男友下班回来时，餐桌已经布好，色香味俱佳的饭菜已经冒着适度的热气在等待男主人。

这天，她打开门，却看到男友高原和两个带了些行李的陌生男子。男友介绍说他们俩是他大学时候的舍友，刚从吴城来容城

打算重新找工作打拼天地,可能要在他们家借住一段时间,然后,等小冉和他搬离后,准备续租这边的房子。小冉微笑着为他们添置碗筷,然后又去做了几个菜,煲了一煲饭。他们都是爽朗的人,席间大声赞小冉的贤惠美貌,大口喝酒;善良的高原心情愉快地微笑陪酒。

　　小洁这天沮丧地回到住处,她清贫的家境根本不足以承担容城昂贵的房租,毕业后,她就暂时借住在另一所大学学妹宿舍的空床。一开始,那些比她小的女孩子,还当她姐姐般嬉笑良多,可时日久了,神情脸色却不免有些怪异开来,让她觉得如芒刺在背,可是,永远的面试失败让她十分沮丧。这日的一家报纸招聘社会新闻的记者的面试,她甚至把面前的一杯纯净水碰翻泼了满桌;她知道自己是太想得到,太在意所以反而太容易出错。那家报纸提供的报酬其实也一般,但重要的是,它说得很清楚,是提供职工宿舍的。这无疑可以解决小洁目前的最大难题。否则,她大概只能回她平庸的家乡小镇去了,这是她无论如何也不情愿的。

　　第二日清晨,起床后她已经是面色苍白,她小心翼翼地梳洗完毕,不发出声响,生怕惊动还在睡梦中的学妹们。她整理好材料,正准备去赴另一家公司的面试,这时,手机响了,是昨天她去面试的报社,他们通知她明日报到上岗。这于她,简直是天大的

喜讯,她的泪水一下子就涌了出来。当晚,她请了学妹和她宿舍的女孩子们吃了一次告别饭。看着她们酒后泛着红晕的青春的脸,她想,她们又怎么知道会有怎样的未来等待着她们呢。某刻,她忽然想起小冉,然而也只是一瞬间,因为她的大脑,随后就被上班后该如何积极准备和表现等等事情充满了。她觉得这是自己的第一个希望,一定要好好握住,不能放弃。

滚筒洗衣机低低地嗡嗡转动着,小冉百无聊赖地用手指敲弹钢琴玩。家里的卫生一会儿钟点工会来弄。自从高原的两个同学住进来后,高原就雇佣了钟点工。他笑嘻嘻地点点小冉的鼻子说:“我可不想我老婆打扫臭男人的房间。”洗衣机的提示音响起来了,她去取出衣服,晾晒起来,今天晚上的晚饭不用做了,高原说他回来后带她出去吃饭。

她取下晒好的干净衣服,仔细地叠好。打开衣橱,是一面宽大的穿衣镜,她不由停顿了一下,看了看镜子里的自己,她还是个很美丽的年轻女子,纯净的脸上看不出一点跌宕的从前,皮肤因为日日在屋中而更显白皙无瑕温润如玉。她的脸上没有落寞,更多是懂得、甘愿。

那个平头的中年男子责任编辑语速很快,非常坦白地向小洁和另一个新进的女记者讲述了一些事情,大意是,这次社会新闻版面特别额外多招两个备用记者是因为预备做一个关于都市色情行业的专题,想派两个小记者去体验生活得到第一手资料,若做得好,搜集的材料够丰富则考虑留用,否则,三个月试用期到了则请走人。小洁固然愕然,但已经没有回头的余地了,看看身边那个短发的女孩子的表情,似乎也是和她差不多的情形。责任编辑说:"这次的体验地点有两个,一个是 KTV,一个是桑拿房,你们自己分配一下谁去哪边。"那个短发女子飞快应答:"我去KTV。"责任编辑瞄了眼小洁,说:"那好,你就去桑拿房吧。你们做体验的时间,你们的实习工资照付,宿舍照住,其他自理;当然其他收入也归你们自己,无须上缴。"说到这里,他露出了一丝神秘又有些怪异的微笑。小洁立即想到小时候故事里的狼外婆。

小洁几乎是失魂落魄地回到宿舍的,在雪白床单上酣睡了一宿。第二日,就穿着自己最短的裙子去一家桑拿房应征去了。同住一个宿舍的那个短发女子,则穿得花枝招展的去本市最有名的一家 KTV 应征去了,表情竟有些自得。

小洁几乎很轻松地被录用了,轻松到她有些诧异,因为与她先前在外面单位的应征中的屡征屡败相比,简直是鲜明对照。负责招聘的黑衣中年妇女解释说:"我们这行流动性大,只要生意好点的桑拿城其实常常都是缺小姐的。你明天晚上就来培训吧。

我们这边要先培训一周,先认识下你的培训师傅,"说着,她大声喊道:"阿玲。"此时,一个异常艳丽的小姐出来了。她个子略矮,身材丰腴,一张脸被层层脂粉遮掩到看不到真实面孔,标准的唇红齿白。

　　小冉的腿长而笔直,线条优美,在高中就有长腿妹妹的美称。先前她在家里很喜欢光着腿穿着高原的宽大的 T 恤。后来家里住入高原的两个同学和雇佣了钟点工后就不很方便这样随意的穿法了。不过,她渐渐也发现,高原的两个同学其实也并不太影响他们的生活,他们常常晚上不回来住,一周倒有两三天在外面过夜,他们和她说是出去包夜玩游戏,大学时候遗留的习惯,压力太大时候的放松方式。后来,高原告诉她,他们其实是去桑拿房,凌晨时候才回来。高原的意思是标榜自己是绝对好男人,绝对不会沾染这些事情,却被小冉一拳击中胸膛,说:"你敢?"

　　后来,小冉就有些恼火,不过也不好说什么,就是高原的两个同学开始把身份不明的女人往住处带,当然她从来没有机会和她们打过照面,因为她们总是深夜过来,凌晨离开;他们有时在房间里通宵打牌,喧闹声音很大,那些女子的声音高而尖利,很不羁的样子,完全不是小冉接受的教育里女子应该有的形状。小冉恼火在于担心他们的喧闹影响高原的休息;好在高原却是抵抗干扰能

力很强,睡得极其香沉,每每被吵醒的倒只是她。她有时好奇,睡在卧室靠门的地板上,耳朵贴在门上,仔细倾听,想听出他们谈论的一二,但终无果。有次,一个女子恰好从对门出来,去洗手间,而洗手间的门就靠近小冉他们卧室的门,她的脚步几乎就在小冉耳边,小冉的心兀自跳个不停。小冉第一次感到无论自己先前曾是多么骄傲跋扈任性的女子,终逃不出良家妇女的四字陈规。

小冉其实也有点别的担心,不过她不敢承认也不敢说。当然她也有充分自信来打击那些担心。她毕竟,是几近完美的女子。

阿玲的人其实很热情。她几乎是手把手倾力教小洁那些按摩的技术活,可是小洁却宁可学慢点,再学慢点,宁可培训期无限延长,她不敢想像上岗的情形。同宿舍那个短发女子的日日变化让她瞠目结舌,那个女子已经由外表到内在真正向她的职业靠齐了,那家KTV声名在外,挥金如土,纸醉金迷,充满诱惑。看到她的样子,小洁更惧怕上岗,像惧怕一场死刑。

可是,这天还是不可抗拒地到来了。那天,她穿着剪裁合身的玫瑰红底刺金绣花短款旗袍来到洗澡房。阿玲和大姐的眼睛都亮了一下,纷纷赞她靓。然后大姐喊她到一边,说:"你运气好哦,第一次上岗就是两个年轻白领。他们要求去住处服务,不过你放心,绝对安全,因为阿玲常常去的,也是她推荐你和她一起去的。听说那两个人出手很大方,把握好机会哦。"

这天傍晚,天气温和宜人,窗外城市的落日是一轮鲜红,分外
美好,鸟儿低低从城市的楼群、浅灰的暮空优美飞过。小冉穿着
白色衬衣、粉色的开衫,站在窗前,看着这一切。高原从背后抱着
她,她的头微微靠在他的胸前,两人的表情十分安详。

两人早早吃完晚饭,休息了。高原这天分外温柔,轻柔的吻
好像花瓣一样落在小冉的脸上;他们的面容年轻,皮肤光洁,内心
都燃烧着对对方真挚的浓郁的爱,这个时刻,他们都觉得,自己在
享受完美的旷世爱情。

这天,深夜,小冉照例被喧闹的声音吵醒,不过爱情使她平
和,她披起睡衣起身,静静地坐在床边柔软的靠椅上,借着窗帘缝
隙透入的微弱光线,温柔而充满爱意地看着床上那个她深爱的男
子的熟睡面孔。他熟睡的面容,更多像一个孩子,纯真到让人爱
惜,让她不禁地伸出自己的手去,轻柔抚摩。

而这时,从对面房间传来的一声尖利的惊叫声唤醒了她,她
的记忆仿佛被什么猛地撞击,急遽旋转,推开记忆的门,搜索这叫
声里的熟悉的因子,她几乎即刻反应过来,不敢相信却又毫不犹
豫地打开门,冲去对门房间全力敲门。

　　过了好一会,门开了。她已经无从理会那个开门男子的愤懑表情,她已经无从理会在床边另两个衣衫不整的男女,她的目光直接被牵引到了墙角一个在颤抖的女子身上。

　　她慢慢走近她,跪到她面前,她使出全力抬起她的脸,当她们彼此的目光交接,双眸相会的时候,两人的泪水同时滚滚而出,她的手颤抖着抚过她的脸,她把她搂在了胸前,这两个形容相似却命运迥异的女子,这两个曾相亲相爱度过最美好的四年青春时光的女子,紧紧地抱在了一起,失声痛哭,仿佛是遭遇了生命中最悲痛的事件。

　　这个事件以小冉对一个男子狠狠的一巴掌和高原不得不重"色"轻友地请两位朋友搬离他们的房子而告结。

　　小冉坚定地让小洁辞去了那家报社的工作,并让她搬来和自己住。不久,小冉和高原的新家装修完毕了。他们搬了家,帮小洁交好了一年房租。小洁休整了一段时间后,终于找到份报酬不高但可心的工作。

　　一年后,小冉奉子成婚。小洁理所当然地做了她的伴娘。这时的小洁已经有很大变化了,她的工作已有起色,出落得更是从容不迫。在化妆师的精心修饰下,两人站在化妆室的整面墙壁的镜子前面,都有些惊叹。

"其实,我们真的很像。"小冉对小洁说。

小洁微笑,把花球递给小冉,牵起小冉的手,前去大厅。

小洁衷心希望,自己牵着小冉的手,走向的是她璀璨美好的未来;她同时也坚信着,自己也一定可以到达那些美好。

粉红色的故事

她知道,她年轻,她美貌,但是她贫穷。

贫穷就是罪恶的。

小涵是典型的漂亮女孩,长腿细腰,最流行的小脸蛋,饱满嘴唇,俏丽鼻子。

小涵没有受太多教育,大专毕业后陆续换了很多工作,从公司前台到啤酒推销,一直没有稳定工作。她现在的选择是同时打几份工,这对她来说,比干一份固定工作反而更赚钱。

赚钱,对,小涵的首要目标是赚钱。她的理想是攒些钱,自己开个服装小店。小涵没有像很多漂亮女孩子一样的好命,可以靠到有钱人。可是,小涵也习惯了靠自己。她觉得这样很好。

　　小涵是有男朋友的。他是在超市做收银小姐时候认识的超市理货员。他们同居有半年了,常常濒临分手但又和好,像许多相爱的年轻人那样。他们租的房子是人家的地下室。小涵发挥了女性的专长,着力把它装饰得像一点家的样子。但是,很多地下室特有的情况还是不可避免,这也成为小涵和男友常常吵架会涉及的重点。

　　她常常声嘶力竭:"我不喜欢,在天花板阴湿的地下室,在有老鼠的地下室,在卫生间漏水的地下室,和你相爱。"

　　小涵说话是有那么一点文艺腔的。小涵高中时候语文很好,如果不是语文老师某天放学后把小涵在办公室留到天黑以后,大概小涵的语文成绩会一直好到高考的。

　　所以,其实小涵挺适合做演员;可是小涵真不是好命的女孩,那么多比小涵丑很多的女孩,上了各种名目的演员训练班后做了演员,出名了,满世界地海报宣传,品牌代言。可是,小涵的美貌总是默默的。

　　也不是没有人发现小涵,她在商场逛,不止一次被所谓星探拦下来。他们通常说:小姐,我觉得你形象很好。我是某某演艺经纪公司的业务经理,很希望你有空能到我们公司来试下镜头。这是我的名片。哦,你能留个电话给我么?

　　小涵,通常笑笑听听,但几乎没有去过。因为她不是一次听朋友说,有些公司故意骗女孩子去试镜,然后用针孔摄像机偷拍她们换衣服。

有次,小涵被对方的殷勤弄得受不了了,那个小姐一直打电话给小涵约试镜时间,态度诚恳到哪怕小涵到天荒地老沧海桑田才有时间她也等的意思。

小涵去了那个公司,才知道试镜的地方不在公司,而在离公司比较远的一个影楼。当时时间比较紧,小涵只好咬咬牙,打车过去了。在那个影楼,小涵摆了一个下午的姿式给摄影师拍,最后累到都要倒下了。摄影师说:"可以收工了。谢谢啦。你回去等通知吧。我们很快就会联系你的,你的形象可真不错。"

小涵后来再也没有接到那个殷勤的电话。小涵本想,人家选不上我,那就算了吧。结果,过了数月,她在某某健康的杂志上,看到封面女郎就是自己。原来那个公司骗她去拍了一些免费照片,然后再卖出去,而不给她分文报酬。

小涵想想自己那天搭进去的打车钱,有点心疼。不过她也懒得和那个公司去理论了,有这个时间,不如自己多工作点挣钱。小涵是有些老实气的女孩。

小涵在兼职圈口碑很好,很多兼职代理有小涵的电话,他们普遍觉得小涵随喊随到,不太挑工作,工作适合的范围也广,工作态度也好。所以,他们有什么工作喜欢第一时间通知小涵。

小涵最近的工作是在某品牌 MP3 电脑卖场的户外展台跳舞吸引顾客。此时,正是这个城市最热的七月,没有遮挡的舞台,烈日炎炎,小涵和一个同伴很机械地跳着简单到单调的舞步。她们穿白色印有厂家 logo 的小可爱和热裤,美好的身材一览无余。但是,天太热,路人都急匆匆地走过。几乎很少有人停步留观。只有几个穿着懒汉衫,目光可疑的男人在不远处的树阴下一直在看小涵和同伴的舞蹈。

同伴和小涵边跳边聊,她们是老搭档了,彼此也熟悉,几乎无话不谈。在抱怨完某商场的最近打折活动十分不憨厚后,同伴和小涵说到了最近的一次凶险遭遇,"吓死我了。上次正好危险期,没有注意。今天买来验孕棒查了一下,幸好没中。今天那个来了,平时烦死那个了,这次倒蛮开心。"小涵最近尤其忙,已经久没有关心"好朋友"了。听了此话,倒起了心,想想"好朋友"有一个多月没来了。她心下一阵慌,步子就乱了。

树阴下那伙男人传来三两声嘘声,小涵厌恶地往他们的方向看了一眼,他们的嘘声倒更热烈起来了。

小涵小时候为了跳舞的舞步出错没有少被妈妈骂。那时候小涵家庭幸福,家教良好。妈妈是小学舞蹈老师,也是当时区文教系统有名的美人。有督学视察、卫生局检察诸类事宜,校长都会安排妈妈做接待。妈妈总是大方得体,好评如潮。用后来的话

说,妈妈当时就是学校的形象代言人。爸爸是某国营公司的经理,是个会挣钱又会说俏皮话的能干男人。一家过着小康生活,看似和美。小涵从小就比一般孩子高,腿长的优势早早显现,所以妈妈那时是踌躇满志想培养小涵在舞蹈上出些成就来的。她很早给她系统严格的训练,让小涵在区里大小活动中参加表演,跳她亲自编排的舞蹈,眼看一颗舞蹈新星冉冉升起了。可是,那时,却发生了意想不到的事情。爸爸携公款和情人南下,被捕入狱。性情倔强的妈妈立即和爸爸办理了离婚。其实,小涵认识爸爸的那个情人,小涵喊她章阿姨,她是爸爸公司的打字员,一个其貌不扬的年轻女孩。据说,当时妈妈去探监拿离婚协议书给爸爸签的时候,问过爸爸为什么找这样一个女人,妈妈当然是不服气的,论美貌,章阿姨连妈妈的小指头也比不上。爸爸黯然说:"因为她温柔,对我好。你太要强,在家里,我会有压力。"妈妈丝毫没有后悔自责的意思,爽利地给了爸爸一巴掌,说:"这是替女儿打你的。签吧。"

后来,妈妈很快嫁给了据说对她的美貌垂涎已久的某鳏居局长,并随他工作北调离开了那个城市。妈妈对容貌十分相似爸爸的女儿毫无好感,把她寄养给了奶奶,以后就只是每个月从那个北方城市汇钱回来。小涵的早期舞蹈教育就此告终。

爸爸两年后出狱,果然和章阿姨结婚了。他们很快有了小宝

宝,也无暇顾及到小涵。生活艰难,像爸爸这样有前科的人更要努力打拼,已经再也没有先前的风光场面了。其实,爸爸有次去征求过小涵的意见,问她要不要与他和章阿姨、小弟弟住在一起。

穿着无袖睡衣,蜷在老式凉床上看电视的小涵干脆地说:"不要。"爸爸如释重负地离开了。那时,他们三口人正住在一个不到 50 平方的两室一厅里,日子并不好过。

爸爸和妈妈离婚那时,小涵刚入青春期,性情反叛,在学校受人白眼和欺压,她的反抗形式是带着在学校鼓乐队做大号手的她的爱慕者一起推倒学校里能看到的一切摩托车。她喜欢摩托车倒地时后视镜破碎的声音。在推倒第七辆摩托车并双双被老师揪进办公室后,妈妈终于从那个北方城市第一次回来看她并帮她办理了转校手续。

妈妈那时行动缓慢,性情也温和了许多,一切的原因只是因为她高高挺起的肚子。那个两鬓斑白的某局长当时已经升级成了某厅长,他一路小心翼翼搀扶自己美貌的小妻子。后面一路跟着司机和秘书,还有一个小护士。小涵终于明白当时妈妈回来的真实原因并不是看望女儿,而不过是一种扬眉吐气的炫耀。这让小涵对大人们彻底失望并且不再抱有幻想。

和老人的长久生活,让小涵养成了一些老人家的习惯:节约,不太讲究生活,喜欢吃一切甜、糯、黏的食物,习惯黯淡光线,性情慢条斯理。

坎坷的少年经历让她不太爱和伙伴交往。她长年躲在光线暗淡的小阁楼,看爸爸年轻时候留下来的一箱子文学作品消磨时光。这也是她后来的文艺腔的源头。

后来的小涵,一直以自己对自己负责的态度,度过了她的少女时代,来到了她的青年时代。她习惯了自己作主,自己养活自己。

医生的诊断打消了小涵的疑虑。他推推眼镜,对他美貌的病患说:"不是怀孕,是子宫有病变。要尽快用药,注意休息,否则会有恶化现象。可能会流血,甚至危险到要切除子宫。所以,尽早治疗吧。"小涵拿了医生的药单先去估了个价。她并没有拿药,而是缓慢地步行离开了医院。

她遇到了一个两难命题。要尽快用药,就不能休息,要去赚钱,她的积蓄根本不能同时保证她的生活和那昂贵的进口药品。而不休息,就会恶化。怎么办。

她还是选择相信老人一般的说法:医生总喜欢把事情说严重了吓唬人。不管怎样,先挣看病的钱吧。这个时候,她没有想到向男朋友或者父母任何一人求助。经年的习惯,是很难一时改变的。

她边走边计算。这时候,有人拦下她。

"小姐。"他是个高大帅气的男孩子,大概比她小上一点。这么小过来当"星探"。她同情又有几分厌恶地看看他。准备抽身离开。

他诚挚地拉住她,"我不是坏人,不要怕。"

"坏人当然不会说自己是坏人。"她冷淡地说。

他笑了,露出一口洁白整齐的牙,一看就知道是生活习惯良好的好青年。"我是大学的在校学生。我们最近要排一出戏,有个角色一直找不到合适的演员。今天看到你,我注意你很久了,我觉得你真是再合适这个角色不过了。所以想问问你,可不可以考虑一下参加我们的演出。真的非常期待你。"

"有钱么?"她的第一反应。

"我们学生演员是不拿钱的。当然考虑你社会人的身份,我们会向院里申请,在预算中留出一部分你的工资酬劳。"

"我想想吧。"

"好。我们等你的答复。可以留个电话给我么?"

小涵飞快地写下号码,转身走了。

没有上过正规大学的人,被邀请去大学演戏。她觉得怪可笑的。睡前,她看着天花板,想了想。小腹有坠痛感,她用膝盖顶着,蜷着身体。因着白天工作的疲倦小涵沉沉地睡了。男朋友还没有回来,他夜间在酒吧当服务生,凌晨才能回家。她知道他是好男人,虽然没有当年的爸爸能挣钱,没有爸爸的妙语连珠,但是,够可靠,够努力。

鬼使神差,第二天接到那个男孩问她意向的电话,她还是答应去对戏了。她自己和自己说:那个男孩运气好,正好这天没有一个兼职代理找她,清闲得可以。

或者,她内心深处觉得,自己为了生活,做了太多不浪漫的事情,她想,放纵自己,浪漫一次;她才 23 岁,比街上太多女孩子年轻、美貌、聪明,有资格享受一切梦幻般的美好生活。

在剧本中,她演出一个名叫米拉的酒吧女郎。她答应富翁苏培帮他生一个孩子,然后放弃作为母亲的一切权利把孩子交给他,以一笔钱为交换,但是后来,米拉改变主意了。

米拉:我来是告诉你,两件事情,第一件,我怀孕了。第二件,我要走了。我不打算把这个孩子留给你。

苏培:也好。我也并不想要这个孩子了。经过这些天,我依然发现,像先前几百次的发现一样,比起我的妻子,一个孩子的分量远远不那么重要。就让我做一个可悲的无后主义但是最后一个爱情的理想和完美主义者吧。

米拉：可能比起你，我的爱情是更加理想主义的。知道么？这是我的初恋。

苏培：这不像你的风格。当然，我可能会为好听的词汇多在支票上画几个零。

米拉：你不必自得。爱上你，不过是因为你是我孩子的父亲。以前，我和那些男人在一起，我一个都不爱。因为我没有为谁怀有过孩子。就这么简单。

苏培：你准备留下这个孩子么？你会很辛苦。

米拉：这是新世纪了。我不相信我养不起一个孩子，当然，你也不会袖手旁观，但是我请你不要妄想可以夺走这个孩子。您对于我，只是精子的贡献者；从头到尾，这个孩子，只是我一个人的事情。（笑）曾经，在我心里头，小孩只是好玩的东西，高兴的时候玩玩，不高兴的时候最好不要烦我。让我养一个孩子，我想都没有想过。本来，我只把这个孩子当作对自己生育能力的一个证明，对身体的一个挑战；可是，那天，我去做超声波了。我像陷入一场万劫不复的恋爱一样，陷入了对这个孩子的深情期待。你知道么？他才手指的一节那么大，可是他会动了，在羊水里面，软软地温存地游泳。这个世界上，他只有我，他全部的命运和身心交付给我，毫无保留的；我的心忽然软得像水一样流淌了。我爱上他了！并无力回头。

苏培：这是我没有想到的结果。请求你不要描述这个孩子了。否则我不保证我日后不会以强力来夺取他。我已经许多年，没有感觉，想念和期待自己的孩子的那种感受了。

米拉（含着泪水的）：下面，我要说这段可能给我的支票加分的台词了。你完全可以当它作台词，因为我并不期望以这段台词和你交换什么。我必将爱你，在我的孩子诞生后，在他的轮廓逐渐鲜明并且日益显现出你的影子的时候；我会像所有年轻的母亲一样，仔细地看，认真地数，他哪些地方像你，哪些地方像我；我将会在对我孩子的狂热的爱里不可抑制地怀想到你，怀想你和我数夜温存的嘴巴，或者鼻子，或者可能是眉毛的弧度，那些，你留在孩子身上的痕迹，将成为我毕生怀念你的理由。

他们纷纷在高潮处开始鼓掌了。那个大男孩走到小涵面前，兴奋地说："你有演戏的天分，请你加入我们吧，你演得太好了！"

小涵笑笑离开了。她只是想来试一下戏，感受一下大学的校园生活。生活对于她，并没有温柔到可以一直浪漫下去。她只是没有想到，自己会遭遇这样一场戏。

身为一个年轻的女子，子宫却有了这样的疾病。她大概能猜

到缘由的。她已经好几次,放弃了她和男朋友的孩子了。忙乱的生活让她甚至没有时间去想像孩子的眉眼从而心软或斗争一下;她也没有时间,去好好照顾一下自己受伤的子宫和内心。

她知道,她年轻,她美貌,但是她贫穷。

贫穷就是罪恶的。

她就这样粗糙地生活着,并毫不可惜地让这些粗糙消磨着自己的美貌和健康。

也许,从被父母放弃的那一刻起,她就没有想过要好好珍惜自己。

电话响了。她接了,是一个相熟的兼职代理。他兴奋地问她,"有个工作,超适合你,真人模特,就是给人家品牌站橱窗,报酬又高,接么?"

"当然接啊。谢谢你啊。"

下午两点开始,她看看时间,已经快一点了,就急忙赶去工作地点。化妆师领她去化妆间一边化妆,一边给她说些要求,诸如不可以动,不可以有任何表情,有顾客在不伤害身体情况下的骚扰也不可以移动和作出反应。

她用眼神示意表示知道了。因为她完全不能够乱动,两个助理化妆师正在往她的全身喷一种白色涂料。这样,她的身体色泽会更接近于塑料模特,不至于在橱窗中显现出太大反差。

这是一个少女服装品牌。但是单件衣衫价格都在千元以上。那些被父母娇惯的富有人家的女孩才能拥有这些精致的衣服。

小涵的眼睫毛被刷上白色的睫毛膏,头发盘了起来,然后套上了精致的粉红色长卷发。脸上敷着厚重的粉,腮上刷了两片淡淡的玫瑰红。

她穿着展示的是一套粉红色的下午茶装,上身是粉红色卡腰泡泡袖小西装,下面是一粉红色迷你裙,然后是长至膝盖的白色袜子;他们又扶着她穿上了一双精致的粉红色的长靴。

她走进橱窗,摆好了一个店长设计的动作,就再也没有动过。这是这个品牌临街的一个旗舰店。许多人路过并没有留意她,因为完全没有看出来,她是一个真人模特。也有人看出来了,就惊奇地停下来看,从他们交头接耳的姿态可以看出,他们在猜想她能坚持不动多久。

这套衣服,价值上万元,这是她少女时代从未能享受过的宠爱,今天仿佛是一个彻底补偿。她整个人,好似一个粉红色的娃娃,精致到无可挑剔。天真的,新鲜的,纯洁的,一切岁月沧桑痕迹都掩饰全无,这似乎就应该是她原来的样子。若爸爸妈妈没有分离,若受着家人全心的庇护,若就像一般女孩子一样少女和青年时代平坦幸福度过的样子……

两个小时过去了。她已经完全麻木,头脑空白。她忽然感觉到了小腹的剧烈疼痛,思想伴随疼痛而同时到来。她的脑中,浮过小时候和爸爸妈妈一家三口一起吃饭的情形,浮过妈妈陪她在练功房压腿的情形,浮过妈妈骄傲的大肚子,爸爸询问的忐忑的脸,浮过和男朋友在地下室的第一次亲吻,浮过第一次去医院,拿掉孩子,医生蒙着白口罩的脸……

有个小孩,在橱窗外,对妈妈说:"妈妈,你看血,她在流血。"

鲜红的血顺着她大腿的内侧慢慢流淌下来,流过了她的超短裙,慢慢地流淌下去。

橱窗外聚集了越来越多的人。

她只是一动不动,一动也不动,没有表情,没有目光。

图书在版编目（CIP）数据

惘然记/朱婧著. —上海：东方出版中心，2006.7
ISBN 7 – 80186 – 486 – 7

Ⅰ.惘… Ⅱ.朱… Ⅲ.短篇小说 – 作品集 – 中国 –
当代 Ⅳ.I247.7

中国版本图书馆 CIP 数据核字（2006）第 059167 号

惘然记

出版发行：东方出版中心
地　　址：上海市仙霞路 345 号
电　　话：62417400
邮政编码：200336
经　　销：新华书店上海发行所
印　　刷：昆山亭林印刷有限责任公司
开　　本：890×1240 毫米 1/32
字　　数：130 千
印　　张：8.5
版　　次：2006 年 7 月第 1 版第 1 次印刷
ISBN 7 – 80186 – 486 – 7
定　　价：18.00 元